거제도 섬길 따라 이야기

# 거제도 섬길 따라 이야기

초판발행일 | 2015년 12월 24일

지은이 | 거제스토리텔링작가협회(회장 서한숙)
펴낸곳 | 도서출판 황금알
펴낸이 | 金永馥

주간 | 김영탁
편집실장 | 조경숙
인쇄제작 | 칼라박스
주소 | 03088 서울시 종로구 이화장2길 29-3, 104호(동숭동, 청기와빌라2차)
물류센타(직송 · 반품) | 100-272 서울시 중구 필동2가 124-6 1F
전화 | 02) 2275-9171
팩스 | 02) 2275-9172
이메일 | tibet21@hanmail.net
홈페이지 | http://goldegg21.com
출판등록 | 2003년 03월 26일 (제300-2003-230호)

ⓒ2015 거제스토리텔링작가협회 & Gold Egg Publishing Company. Printed in Korea

값은 뒤표지에 있습니다.

ISBN 979-11-86547-26-7-03810

*이 책 내용의 전부 또는 일부를 재사용하려면 반드시 저작권자와 황금알 양측의 서면 동의를 받아야 합니다.
*잘못된 책은 바꾸어 드립니다.
*저자와 협의하여 인지를 붙이지 않습니다.
*이 책은 거제시 문화예술진흥기금에서 발간비의 일부를 지원받았습니다.
*이 도서의 국립중앙도서관 출판예정도서목록(CIP)은 서지정보유통지원시스템 홈페이지(http://seoji.nl.go.kr)와
국가자료공동목록시스템(http://www.nl.go.kr/kolisnet)에서 이용하실 수 있습니다.(CIP제어번호: CIP2015035592)

거제도 작가 23인이 풀어내는 '거제도 스토리텔링'

# 거제도
## 섬길 따라 이야기

거제스토리텔링작가협회 지음

황금알

# 서 문

거제도는 '섬과 육지' '섬과 섬'이 만나 밤낮없이 이야기 마당을 펼치고 있다. 10개의 유인도, 63개의 무인도와 함께 하나의 큰 도시로 뻗어난 숨은 저력 때문이다. 그래서일까. 섬길 따라 파도 따라 자르르 구르는 몽돌소리는 구전동화처럼 정겹다. 발길 닿는 곳곳마다 비경이니만큼 누구든지 한번 가면 떠나고 싶지 않은 섬이다.

이야기의 섬, 거제도를 스토리텔링한 지도 3년째이다. 거제지역에서 20년 이상 뿌리내린 작가들이 풀어내는 이야기라는 점에서 각별한 의미를 지닌다. 1집, 2집과 달리 23명의 등단 작가들이 참여한 3집에서는 거제작가 특유의 감성이 묻어나 쏠쏠한 재미를 더한다.

그들이 풀어내는 『거제도 섬길 따라 이야기』속으로 들어가 보자. 'Story 1'은 '섬&섬길' 이야기이다. 그 섬에는 무지개길, 이순신 만나러가는 길, 계룡산 둘레길, 바람의 언덕길, 고려촌체험길, 맹족죽순체험길, 칠천량해전길 등 거제도가 자랑하는 명품길이 있다. 그 길로 들어서면, 천혜의 자연환경이 들려주는 꿈결 같은 이야기가 있다. 그것이 거제도의 역사이고 문화이니, 조용조용 귀를 기울여보는 것도 좋을 것이다.

Story 2는 '거제마을' 이야기이다. 작가들이 풀어내는 섬마을로 들어서면, 설화 같은 실화가 있고, 실화 같은 설화가 있다. '옛날 옛적' 이야기가 올망졸망 피어나고, 섬마을 특유의 향수도 일렁인다. 다양한 지명을 통해 섬사람 특유의 애환을 들여다보는 것도 자못 흥미로운 일이다.

Story 3은 '거제음식' 이야기이다. '거제멍게'와 '거제멸치'가 팔딱거리면서 영양가 있는 이야기로 변신한다. 섬마을 어디에서든 맛볼 수 있는 별미 중 별미가 아닐 수 없다. 거제도의 참맛이 그것인즉 짬짬이 음식 삼매경에 빠져보는 것도 좋을 것이다.

Story 4는 '거제나무' 이야기이다. 나이테를 거슬러 올라가면, 마을의 역사책이 따로 없다. 칸칸이 새겨진 눈금을 통해 마을의 애환을 깊숙이 들여다볼 수 있다. 수백 개의 눈금이 이어지기까지의 사연도 각양각색이다. 땅 속으로 깊이 드리워진 뿌리만큼이나 건강한 거제도의 실상을 확인할 수 있다.

마지막으로 Story 5는 '거제사람' 이야기이다. 거제도는 '사람의 향기'와 '난향(蘭香)'이 살아있는 섬이다. 여기서 김임순 원장과 향파 김기용 선생의 이야기가 신화처럼 펼쳐진다. 이들을 통해 거제도는 '사람과 자연'이 마음 놓고 숨 쉬고 살아가는 무공해 도시로 거듭나고 있다.

바쁜 시간을 쪼개 작품으로 화답한 작가들의 숨은 노고에 감사를 드린다. 3집으로 이어지기까지 아낌없이 지원하고 격려해 준 거제시에도 감사를 드린다. 『거제도 섬길 따라 이야기』가 해양관광휴양도시, 거제도를 찾는 사람들의 따뜻한 소통의 장이 되었으면 하는 바람이다.

2015.12.

거제스토리텔링작가협회 회장 서한숙

# 차 례

# Story 2. 거제도 마을

# Story 3. 거제도 음식

# Story 4. 거제도 나무

# Story 5. 거제도 사람

Story 1

# 거제도 섬&섬길

문득련　　　　김임순　　　　고혜량

박영순　　　　김정순　　　　곽상철

정순애　　　　김정희　　　　김계수

정현복　　　　김종원　　　　김영미

김희태　　　　김용호

고혜량

# 무지개길 노을빛

　바닷물이 빠져나간 갯벌은 갈매기가 주인이다. 나그네가 가까이 다가서자 텃세라도 부리는 듯 소란스럽게 끼룩댄다. 마을을 알리는 표지판을 따라 내려가니 바다가 한눈에 펼쳐졌다. 어부들은 아직도 아날로그 방식을 고집하는지 전통 고기잡이방식인 개막이* 어살(漁殺)**이 보인다. 골목을 에돌자 오래된 팽나무 한 그루가 수호신처럼 버티고 있었다. 눈대중으로 나무의 나이테를 가늠해보고 더디게 발길을 내딛는다.

　지난여름 모진 더위는 콩을 볶았다. 그랬으면서도 그 끝을 놓지 못하던 날, 행여 만날지도 모를 미지의 무지개를 찾아 나선 길이었다. 누군가 길 끝나는 곳에 길이 있다고 했던가? 정신적 고뇌와 희열을 넘나들며 끊임없는 인내로 탄생시킨 장인의 작품에만 혼불이 있겠는가. 마음이 허허롭고 세속의 번뇌에 시달릴 때 우리는 모든 걸 내려놓고 자아의 평심으로 돌아눕는다.

검은 아스콘이 도포된 도로를 우리는 고속도로라고 부른다. 그 매끄러운 길에 우리는 너무나도 익숙해져 있다. 조금만 거칠어도 비포장도로를 내달리려 하지 않는다. 거친 자갈길도 의연하게 걷다 보면 새삼 나를 돌아보게 하는 신비로움을 지니고 있다.

남부면 쌍근마을에서 저구를 거쳐 다대, 여차, 홍포로 이어진다. 일명 '무지개길'로 일컫기에 더욱 매력적으로 와 닿았다. 대부분의 지명 (地名)에 서너 가지의 뜻이 담겨있듯 8.7km의 도로는 '안김이길'이라고도 불린다. 안쪽으로 후미진 곳이라 그런 지명을 붙었는지는 알 수 없지만, 언젠가부터 다시 무지개 길로 전해져 내려온다.

원석을 발견한 듯 기쁨을 주는 곳. 이 길은 아는 자만이 누릴 수 있는 특권이다. 시멘트만 입혀놓고 명색이 포장길이라 떼쓰는 촌티 나는 순박한 길이다. 이 길을 두고 거제사람들은 아름다움의 대명사인 무지개로 지명해 놓았다.

비의 여운으로 대기 중에 떠 있는 물방울과 햇빛의 굴절 때문에 생겨나는 자연 현상은 그리 중요하지 않다. 유선형 다리의 시작과 끝을 모르듯 우리의 인생살이도 어찌 무지개만 피어오르겠는가?

여름의 끝자락을 차마 놓지 못한 이 계절에 어쩌면 만날지도 모를, 한 조각 무지개 꿈을 찾아 나섰다. 코흘리개부터 시작해 꿈은 열두 가지가 넘었다. 자고 나면 거품일 듯 새롭게 생겨나는 꿈 탓에 무슨 꿈이 었는지 도통 기억조차 희미하다.

백의의 천사가 되고 싶었던 꿈은 봉사와 사명감이 우선되었던 나이팅게일의 선서에 무너졌다. 백마 탄 왕자님을 만나고 싶었던 건 주제

파악을 못 한 것 같아 애당초 낯부끄러워 포기해 버렸다.

사춘기를 넘어서자 그 많던 꿈들은 하나둘씩 슬슬 줄어들기 시작했다. 넘을 수 없는 벽이라 생각하여 접어버렸던, 힘들 것 같아 시작조차 하지 않은 꿈. 이런저런 이유로 누름돌 아래 꼭꼭 그 꿈들은 까마득히 잊혀버린 듯, 그러다 또다시 마음이 허허로우면 안개처럼 피어오르곤 했다. 어쩌면 무지개 길을 내어준 왕조산이 내 꿈을 감추고 있을 것 같아 희망을 안고 그 보물을 찾아 나섰다.

혼자라도 행복하다. 마음 맞는 동행자가 곁에 있으면 더더욱 신바람이 난다. 세상살이가 만만치 않아 애간장이 타들어 가고, 애증과 미움이 교차할 때 거기로 가자. 끊임없이 진군해오는 욕망에 시달리고 아수라로 들끓는 분노가 치받을 때 이 길을 혼자 걷는 것도 즐겁다. 이곳만큼은 온전히 내가 세상의 주인공이 되는 시간을 허락해 줄 것이다.

길 초입에 엉겅퀴 꽃이 피어 있었다. 엉겅퀴 꽃을 보면 무수히 찔리고 싶다고 노래한 시인은 무슨 심사로 이렇게 읊었는지 알 수 없지만, 엉겅퀴를 노래했다는 것만으로 그냥 좋다. 땀이 살짝 밸 정도의 걸음걸이로 걷는다.

은방해변이란 이정표가 눈길을 잡아맨다. '은방'이란 지명이 우리 집 강아지만큼 예쁘다. 바다가 은빛으로 부서지는 아름다운 해변. 바다의 은빛 조각들을 맞추면 무지개가 될까. 해조음에 놀라 저만치 달아나 버릴지 모를 일이다.

전망대가 눈앞이다. 잠시 쉬었다 갈 생각에 발걸음이 빨랐나 보다. 인기척에 놀란 청설모가 먹이를 입에 물고 줄행랑을 친다.

전망대에 올라 심호흡을 한다. 저 멀리 추봉도 산마루에 해가 걸

노을빛이 물든 장사도 풍경

렸다. 노을 꽃에 시선이 흔들린다. 장사도까지 석양이 물들었다. 이렇게 고혹적이어도 되느냐고? 스트리킹으로 심해 깊숙이 빨려 들어가고 싶었다.

붉은 물결을 눈으로 훑어본다. 잠시 노을에 취해 생각의 끈을 놓아 버렸다. 꽁꽁 싸매어 두었던 무지갯빛 희망을 꺼내 노을에 비춰본다. 그래! 꿈을 꾼다고 모두 이루어질 수는 없지 않은가. 남몰래 품은 허황한 꿈일지라도 인생 살면서 한 번쯤은 계산하지 않고 소원해 보는 것, 그것이 바로 무지개꿈 아니겠는가? 무지개를 찾아 나선 이 길이 건조한 내 일상에 또 다른 의미가 부여될 수도 있다. 발 디디는 곳마다 고개 돌리는 풍경마다 오랜 세월 켜켜이 쌓인 묵은 그리움을 일렁이게 한다. 해묵은 사랑을 들춰내어도 들키지 않을 곳. 바로 이곳이 온전한 나만의 세상이다.

안김이길에서 만난 정자

　뜨거운 바람조차 나를 따라 오는 곳. 우울한 날에는 하늘 한 번 쳐다
보고 점점이 떠 있는 묵언하는 섬을 바라보자. 주변으로 팔랑대는 잔
물결 따라 그 기분 날려 보내고, 산전수전(山戰水戰) 다 겪은 추봉도 앞
바다에 큰 고민 하나 던져버리자. 한산도, 매물도, 장사도, 비진도 어
이 그리 지명도 예쁜가. 작은 고민들 허심탄회하게 겹겹이 풀어놓으면
될 일이다.

　전망대에서 오래 머물렀나 보다. 잰걸음으로 걷다 보니 어느새 깊어

무지개길에서 바라본 장사도

진 노을빛 너머로 팔각정이 보인다. 풀 먹인 모시 적삼 차려입은 선비
가 낙조의 아름다움에 묵향을 버무려 시 한 수 읊고 있을 것만 같았다.
사람들 발길이 잦지 않은 이런 곳에 팔각정이라니 뜻밖의 행운을 만
났다. 선비의 기품은 흉내조차 못 낼 테고, 한량이라도 되어 발그레한
노을빛에 농이나 한번 걸어 볼 심사로 팔각정에 오른다. 이곳에서 바
라보는 바다 풍경은 또 다른 맛이다. 몇 번인가 되돌아본 섬이건만 손
에 잡힐 듯 다가왔다.

　노을을 품고 있는 바다를 보며 내륙의 깊은 산 속을 걷고 있는 기분
이다. 왕조산 등산로 입구에서 기이한 모습의 소나무를 만났다. 무슨
연유인지 옆으로 드러누웠다. 보는 이 없어도 자신의 소임일 뿐이라는
듯 무심하다. 고개 꼿꼿이 든 인간의 자만심을 질타하고자 낮은 자세
로 있는 게 아닌가 하는 생각에 오금이 저렸다. 하심(河心)이라! 소나

무 한그루에서도 배움의 도리를 깨우치게 한다. 무심의 경지에 빠지고 싶은 사람이라면 반드시 이 길을 걸어보기를 바란다.

소나무 잎 사이에 해가 멈췄다. 우리가 바라보는 이 노을빛도 그 짧은 순간만큼은 우리에게 서슴없이 내어주기에 진정 아름답지 않은가. 가슴에 남겨질 소중한 것은 쉽게 얻을 수 있는 것이 아니기에 더 갈망하는지 모른다. 하늘과 바다의 경계에도 흑, 백의 논리가 있듯이 둘로 나뉘지 못할 어우러짐 속에 우리 모두의 꿈이 담겨있는 게 아닐까. 이쯤에서 이만하면 나는 이미 무지개를 찾았다.

허황한 꿈도 꺼내어 웃어보고 버릴 꿈이라면 미련 없이 날려버릴 수 있는 길. 산모롱이를 돌 때마다 보물처럼 숨겨놓은 무지개를 만나는 길임이 틀림없다. 내가 살아온 시간과 살아갈 시간의 소중함을 느끼게 해주는 곳. 분명히 이 길 위를 걷는 사람은 느낄 수 있다. 더불어 가야 할 길이 있다면 혼자서 가야 할 길도 반드시 있을 것이다. 노을빛이 어둠으로 뒤덮이기 직전이다.

* 개막이: 어살이나 발로 갯벌을 막고 울타리처럼 그물을 쳐 두어 밀물 때 들어온 고기를 썰물 때 잡는 일
** 어살: 물고기를 잡기 위한 장치의 하나

고혜량

# 고려촌의 잔물결을 따라가다

— 고려촌 체험길

 지루한 뱃길이었다. 도시 사람이 된다는 설렘에 고향을 떠나 부산으로 이사 가던 날의 기억은. 어렸을 적 떠나온 고향을 호된 성장통을 앓고 이십 년이 흐른 후 탕자처럼 돌아왔다. 그때 떠나갔던 뱃길이 아닌 그 바다를 가로지른 다리를 건너 연어처럼 고향 둔덕으로 회귀했다.

 흐르는 것은 지난 시간을 잊기 위함일까, 잊었던 것을 되살리기 위함일까. 어릴 때 내려다보던 견내량이 역사의 뒤안길을 내달리듯 굽이치며 흘러간다. 임금이 건넌 곳이니만큼 이곳 사람들은 전하도라 부르기도 한다. 그렇듯이 '견내량'은 고려 의종의 한을 온몸으로 받아내고, 훗날 한산대첩을 승리로 이끌었다는 점에서 군사적 요충지로 불린다.

 견내량을 가로지르는 거제대교를 지나 살짝 오른쪽으로 눈길을 돌리니 아치형의 커다란 조형물이 보인다. 거제도에 도착했다는 안도감에 자칫 놓치기 쉬운 관광안내소로서, 그 앞에 서면 나도 모르게 거제 역사의 중심에 있는 듯한 착각에 빠진다. 바로 눈앞에 경상남도 기념물 제109호인 '오량성'이 버티고 있어서인지도 모른다.

예전에는 오량성 인근까지 바닷가였고, 이를 오양포라 부르기도 했다. 다른 성과는 달리 '오량역'을 보호하기 위해 축성되었으며, 고려의 수도 개성과 가장 멀리 떨어진 역이기도 했다. 천여 년 가까이 거제도의 관문(關門) 역할을 했던 역사적 의미가 깊은 장소이다. 물자 수송과 적의 침입을 막는 관문성 역할과 관청의 각종 서류와 관리의 임명장 등을 전달하기도 했다. 관리나 유배객들이 꼭 거쳐 가야만 했던 역이어서 거제도유배 역사의 시발점이 된 곳이다. 거제대교를 들어서면 가장 먼저 보이는 건물이 검문소이니 예나 지금이나 섬을 잇는 길목을 지킨다는 것은 그만큼 중요한 모양이다.

미처 따라갈 수 없을 만큼 빠르게 발전하는 거제의 타 지역과는 달리 처마에 매달아 놓은 낡은 풍경 같은 곳이 있다. 남루한 옷을 입어도 기죽지 않는 대쪽 같은 선비정신이 깃든 유배문학의 토대가 된 고려촌 문화체험길이 바로 그런 곳이다. 이 길을 통하여 우매한 내 심사에 나보다 먼저 깨달은 선조들의 삶을 더듬어 보고자 발길을 옮긴다.

오량성을 뒤로하고 겨우 차 한 대 지날만한 작은 오솔길로 오르니 호젓한 산길이 이어진다. 가만있어도 소금 꽃을 피울 형편이지만 한참 물오른 오리나무의 그늘이 염천의 더위를 가셔준다. 임도를 따라가다 보면 이정표가 길 안내를 한다.

아카시아 나무 아래 개망초가 한가롭다. 안치봉으로 가는 등산로가 보인다. 의종왕의 대비(大妃)를 살게 한 대비장이 있어 안치봉이라 불린다. 우리가 알지 못할 뿐, 우리 땅 어느 곳인들 역사를 품고 있지 않

둔덕기성 집수지

은 곳이 있을까.

둔덕기성이 가까워질수록 밤나무가 자주 눈에 띈다. 낮게 깔린 풀들 사이로 지난해 떨어진 밤송이가 뒹군다. 왼쪽으로 눈길을 돌려 보니 어느새 높은 성벽과 마주한다.

사적 제509호로 지정된 '둔덕기성'. 타 지역과는 달리 거제도는 유독 성이 많은 곳이다. 거제도 24여 곳의 성곽 중 대표적인 성으로 불린다. 우리나라에서는 보기 드문 현문식(懸門式) 구조인 동문지(東門地)는 성벽축성법의 변화를 연구하는데 학술적 가치가 크다. 7세기 신라시대 성의 축조 수법을 알려주는 중요한 유적이기도 하다. 성내에는 천지가 있고 북측에 제단이 있어 800여 년간 주민이 해마다 산신제를 올렸고, 1972년 새마을운동 당시 미신을 조장한다 하여 폐지되었으나 지금은 둔덕향인(屯德鄉人) 주관으로 의종 추념제를 지내고 있다.

둔덕기성은 고려사에 있어 큰 사건인 정중부의 반란으로 의종이 유배 왔던 곳이라 폐왕성 또는 피왕성이라는 명칭으로도 불린다. 이곳에서 3년간 반란군의 추격을 감시하며 자신의 복위를 꿈꾸었을 의종. 천상천하유아독존(天上天下唯我獨尊). 하늘 아래 나보다 존귀한 사람이 없다는 해석이 아니다. 수많이 존재하는 무수한 것들이 내가 존재하는 이유라는 참된 이치를 깨달은 지혜로운 왕이었다면 그는 역사에 어떻게 기록되었을까?

어쩌면 이름조차 기억하지 못했던 유배의 섬에서 어떤 심정으로 둔덕 앞바다를 눈에 담았을까. 그도 나처럼 이 자리에 섰을까. 그의 시선이 머물렀을 풍광들을 하나하나 훑어가며 900여 년 세월을 거슬러 올라가 본다. 무심히 흐른 세월의 무게는 폐왕 의종도, 영원할 것만 같았던 정중부도 역사에 이름 한 줄 남겼을 뿐이다.

고려시대 둔덕면은 의종의 유배로 역사의 중요 위치에 섰다. 또한 고려시대를 시작으로 조선에 이르기까지 거제도에 500여 명의 유배자가 있었으니, 가히 유배지로 알려질 만도 하다. 둔덕의 마을 이름은 의종과 관련이 깊은 것들이 많다.

둔덕 방하리 고려총은 의종을 따라왔던 문신과 귀족 등의 가족들이 묻힌 곳이다.

이제 둔덕면의 옛 중심지 거림마을로 향한다. 의종의 명으로 극비리 심어졌던 넓은 보호림이 있어 마을 이름도 '거림(㠯林)'이다. 그러나 그때의 영광은 세월에 묻혀 흘러가 버리고 둔덕 들녘을 가로 지르는 둔덕천만이 오래전 영광을 아는지 모르는지 무심히 흐르고 있다. 하루에

도 수없이 떠오르는 회한과 분노를 삭이며 살다 간 의종. 그가 만약 평
범한 촌부의 아들이었다면 고려의 역사는 어떻게 바뀌었으며, 그는 또
어떤 삶을 살았을는지…….

'둔덕詩골 농촌체험센터'를 지나니 조용한 시골 마을이 차량들로 붐
빈다. 최초의 정식 교육기관인 둔덕초등학교다. 반백 년 이상 인재양
성의 발판이 되었던 곳으로 지금은 농촌체험센터로 활용되고 있다.

100여 명을 수용할 수 있는 세미나실과, 식당, 족구장 외 각종 부대
시설과 운동장 한편에 실외 수영장이 있어 어린이를 동반한 가족 놀이
터로도 손색이 없다.

농촌체험센터에서 산방산 방향으로 발길을 옮기니 너른 들판에 세
마리의 청마 조형물이 유독 눈에 띈다. 가을이 되면 이곳은 또 한 번
사람들의 발길로 붐빈다. '청마꽃들축제'가 열리는 곳이다. 4만8천 여
평에 이르는 들판에 코스모스의 향연과 다양한 행사가 펼쳐진다. 이곳
을 찾는 이들은 우선 꽃이 피어있는 규모에 놀라고, 문학의 향기에 놀
란다.

때때로 옛 시절이 그리워지면 햇살 좋은 가을날 여기에 서 보자. 여
린 코스모스의 한들거림에 가슴이 아련해질 것이다. 어쩌다 살다 보니
잊고 지냈던 문학소녀의 시심(詩心)을 잠시라도 깨워줄 것이다. 청마
선생님을 품었던 이곳엔 올 가을 꽃을 피울 한 뼘도 되지 않은 코스모
스가 하루가 다르게 자라고 있다. 그러나 지난 가을 내 머릿속을 헤집
고 다녔던 유치환, 시, 사랑, 코스모스, 편지, 미완성의 단어들은 아직
도 제 짝을 찾지 못해 맴돌고 있다.

때아닌 센티멘탈에 빠져 걷다 보니 청마 유치환 선생의 기념관이 눈

앞이다. 기념관 바로 옆으로 온통 담쟁이 넝쿨로 뒤덮인 담 사이로 초가지붕을 한 소담스런 가옥 한 채가 보인다. 바로 동랑 유치진 선생과 청마 유치환 선생의 생가다.

마루에 걸터앉으니 우물 뒤편으로 키다리노랑꽃과 진분홍 백일홍이 시골 처녀 모양 부끄럽게 피었다. 빛바랜 액자 속의 가족들은 이제 사진으로만 남아있다.

'동랑 유치진'을 빼고는 한국현대연극을 이야기할 수 없다. 서울예술대학교의 설립자이자, 극작가, 근대 연극사의 거목임에도 그를 생각하면 왠지 손톱 밑에 박힌 가시처럼 아프다. 천재 작가 유치진이 태어난 시대가 그의 슬픈 운명의 시작이었다.  평생을 연극계에 투신한 그의 열정이지만, 어떤 업적으로도 지워지지 않는 투철하지 못한 작가정신 이 유감스러울 뿐이다.

고향을 떠나온 사람은, 사람으로 목이 마르고 고향의 바람과 공기에 도 목이 말랐다. 짝사랑도 한번 해보지 못한 사춘기 시절, 그와 내가 동향(同鄕)인 것이 자랑스러웠다. 왠지 선생님의 시를 읽으면 눈물이 났다. 그분의 한 구절의 시구(詩句)마다 내 심장을 찔러대는 통에 가슴 이 아렸다. 어떤 말, 어떤 형용사로 '청마 유치환'을 대신할까? 시를 모 르고 문학을 몰라도 국어 교과서에 실린 그의 시 한 편 기억하지 못할 사람 누가 있을까. 나는 지금도 절절한 그의 시에 가슴 떨린다. 숨죽이 며 읊어보는 그의 시와 짝사랑을 하고 있다.

선생님의 체취가 담긴 생가를 뒤로하고 선생님이 영면(永眠)하고 계 신 묘소로 향한다. 태어난 동네에서 영원한 안식을 취한다는 것, 청 마 선생님의 부모님과 부인 권재순 여사와 함께 잠들어 계시니 평화로 워 보인다. 시인이 잠들기에 참 어울리는 곳이다. 묘소 입구에는 선생 님의 흉상이 세워져 있고, 선생님의 여러 작품 시비(詩碑)가 전시되어 있다. 잔디 깔린 묘소 주변은 잘 정돈되어 작은 공원을 연상시킨다.

정갈하게 묵념을 올리고 고개를 돌리니 둔덕만이 한눈에 들어온다. 묘소 앞에는 거제문인들이 선생님을 기리는 맘으로 심은 매실나무 수 십 그루가 실하게 자라고 있다. 이제 왔던 길을 되돌아선다. 코끝으로 조급한 매화 향기가 전해지는 것 같다.

계절 따라 꽃과 단풍으로 채워지는 산방산 길목에 만나게 되는 '산

산방산 비원 내 세한정

'방산비원'. 돌탑 같은 입구에 능소화가 흐드러지게 피어 제 몸도 못 가
눈다.

산방산의 기(氣)를 받아서인지 유난히도 붉다. 약 10만 평의 부지에
조성된 이곳은 1,000여 종의 각종 야생화와 희귀식물로 가득 차있다.

'힐링'─ 온갖 상품화에 미화되어 붙여지는 것 같아 나까지 굳이 쓰
고 싶지 않은 단어. 그러나 설명을 덧붙이지 않아도 단 두 글자로 표현

할 수 있는 말이 언뜻 생각나지 않는다. 다정한 사람과 손을 잡고 걸어도 좋고, 혼자 걸어도 좋은 길이다. 쉬엄쉬엄 산수국이 지천인 길을 걷다 흔들의자에 잠시 앉는다. 저울로 달아도 지지 않는 욕망의 무게를 미련하게 끌어안고 있는 나를 본다.

나무벤치의 흔들거림에 눈꺼풀이 무거워진다. 작은 이파리들은 바람에 부대끼며 소리를 내고, 그 잎들 사이로 햇빛이 반짝인다. 눈부심에 실눈을 뜨고는 나도 모르게 살짝 졸았나 보다.

동네 어귀에 서 있는 내 동상, 일장춘몽(一場春夢)이 아니라 백일몽(白日夢)이었다.

신발에 묻은 흙먼지도 털어내고 싶지 않는 날, 들바람을 몸에 두르고 또다시 일상으로 돌아간다. 산비알을 내려오는 발걸음은 콧노래와 함께 가볍기만 하다.

곽상철

# 왕도의 길, 둔덕골

귀뚜라미 울음소리에 실려 오는 가을이나, 구름을 타고 온다는 가을이면 더욱 좋으리. 그만한 길동무가 또 어디 있겠는가. 고려 임금이 걸었던 그 발걸음의 무게는 천근일까, 만근일까 하는 의구심으로 이 길을 걷는다. 지금은 숲나무로 숲길을 이루고 있지만 땔감이 귀한 시절에는 민둥산 억새 능선이었다. 길을 걷는다는 것은 현재의 진행이면서 미래를 향하여 과거를 만들어가는 행위일 것이다.

대전통영고속도로에서 내려 구 거제대교를 건너자마자 둔덕 방면으로 우회전하여 5분 정도 운전하면 폐교된 학산초등학교가 나온다. 지금은 거북선 모형을 제작하는 영공방이 자리 잡고 있는 곳이다. 여기에서 학산토굴방 안내표지판을 따라 마을진입로로 좌회전하여 1km 남짓 농로를 구불구불 천천히 달리면 학산토굴찜질방 주차장에 도착한다.

배고프면 소문난 토종 옻닭 백숙을 한 그릇 먹고, 표지판을 따라 언덕길을 오르면 될 일이다. 초입의 계단식 언덕길은 다소 가파라 제대로 깔딱 고개 맛이 난다. 힘들면 왔던 길을 뒤 돌아보며 학의 날개처럼 펼쳐진 산세도 보고, 건너 통영만을 조망해도 좋다. 둔덕기성으로 가파르게 오르면 한산만과 통영이 건너다보인다. 임도를 따라 걸으면서, 제승당으로 향하는 한산만 입구에서 학익진을 펼치고 통쾌하게 왜구를 소탕하는 '명량'의 한 장면을 연상하면 발걸음도 절로 가벼워진다.

여유 있게 30분쯤 걸으면 일부 새로 복원한 성벽을 볼 수 있다. 이곳이 수년 전에 지방문화재에서 국가문화재로 승격한 둔덕기성이다. 아직 복원 중이라 무너져있는 돌이 석탑처럼 남아 시간의 흔적을 읽을 수 있다. 돌 귀퉁이마다 이끼가 덮여도 역사를 기억하는 돌의 귀는 아직 밝다.

한때는 가을 석양에 이끌려 해 질 무렵 자주 올랐던 곳이다. 하루를 달구었던 뜨거운 열정의 여운도 잊히지 않으려 버텨보지만 결국 어둠 속으로 서서히 사그라진다. 모든 삶이 다 그러하듯 이끼 낀 돌담에 앉아 가을을 만끽해본다.

의종이 참담한 심정으로 낯설게 건넜을 견내량 해협이다. 굽이쳐 흐르는 물살은 세월의 흐름처럼 보인다. 건너다보이는 한산도는 뭍에 가까우면서도 섬으로 남아 있다. 70년대부터 거론되었던 교량 건설 구상이 아니었던가. 지역 이기주의 탓인지 아직도 다리를 놓지 못하고 있다. 가장 가까운 둔덕 어구에서 한산도를 잇는 다리가 절실해 보인다. 이 다리가 놓인다면 둔덕은 거제의 중심지로의 환원이 가능할 수도 있다. 주민들의 편의와 지역균형발전을 위해 상생할 그 날이

기다려진다. 수많은 반대에도 불구하고 미륵산에 설치된 케이블카를 보면서 인근 지역의 성공담을 엿볼 수 있다. 탑승객 1천만 명 돌파를 앞두고 있다고 하지 않던가.

둔덕기성은 가을 석양이 아름답다. 억새 사이로 익어가는 노을에서 비장한 비수의 눈빛을 본다. 수년 전 거제수목문화 클럽에서 개최한 의종 추념식에서 낭송한 헌시를 되뇌어 본다.

> 계사년 시월 경신일 지축을 흔드는 천둥소리에
> 무거운 대망의 푸른빛을 내려놓으신 임이시여!
>
> 옥좌를 되찾지 못한 채 비명도 없이 가신 님
> 우두봉 허리춤 둔덕기성으로 원혼 머물렀더이다.
>
> 전하, 망골 초병이 총총히 우리를 전하는
> 그 카랑카랑한 목소리 쟁 쟁 들리지 않습니까.
>
> 경인년 구월 기묘일, 무도한 회오리바람으로 인하여 못다 편
> 용상의 큰 뜻을 벼린 삼개 성상을 와신상담하였더이다.
>
> 님이시여, 뜨거운 가슴에 녹아내린 주체 못 할 그 불덩어리를
> 어쩌자고 돌 흐르는 너덜겅에 묻어두었나이까.
>
> 견내량 시퍼런 바닷물에 담금질하시던 보위의 꿈을
> 둔덕기성 돌부리에 겹겹으로 새겼더이다.
>
> 왕이시여, 님을 여읜 비통함을 기억하는 우리들은 오늘

이글거리는 석양 한 줄기 비수처럼 성곽에 꽂히는 큰 빛을 보았나이다.

아, 어두운 날들은 다시 밝아 오고 보검은 섬광처럼 빛나시니
님이시여, 오늘은 진정 우리들의 왕이옵소서.
                        － 곽상철, 「오늘은 우리들의 왕이옵소서」

의종의 억울한 한을 달래드리는 추념식은 매년 10월에 실시한다. 거제시 차원으로 승격되는 의종추념제가 되는 것이 거제수목문화 클럽 회원들의 바람이다. 최근 정과정곡의 발원지가 동래설에서 거제설로 활발하게 논의되고 있는데, 하루속히 학술적으로 논증될 줄로 믿는다.

성터에 앉아 소슬한 가을바람에 땀방울을 식히다가 문득 이런 생각을 한다. 무신정변으로 의종이 둔덕기성에 위폐 되었을 무렵 의종의 이모부인 정서는 거제도에서 유배생활 중이었다. 그때 의종의 소식을 듣고 안타까운 마음으로 하소연한 신하의 심정을 시 한수로 읊은 것이 '정과정곡'이었을 것이다. 이런 상상으로 다시 정서의 '정과정곡'을 되뇌어 본다.

내가 임을 그리며 울고 지내니
산 접동새와 난 처지가 비슷하구나.
나에 대한 말은 진실이 아니며 거짓이라는 것을. 아!
지는 달 새벽 별만이 아실 것이리.
넋이라도 임과 함께 가고 싶습니다. 아아!
내 죄 있다 우기던 사람이 그 누구입니까?
나는 과도 허물도 전혀 없습니다.
나에 대한 뭇 사람들의 거짓말이여.

슬픈 일이로다, 아아!

임이 나를 아마 잊으셨는가.

아아, 님이여! 내 말씀 다시 들으시고 사랑해 주소서

              − 정서, 「정과정곡(鄭瓜亭曲)」(『외국인을 위한 한국고전문학사』,

                                      도서출판 하우, 2010.)

  둔덕기성 아래에 있는 거림 마을은 한때 거제도의 중심이었던 기성현 관아의 터가 있던 곳이다. 이곳은 복원해야 할 필요성을 느낀다. 시립 거제박물관 건립과 유배문학 기념관 건립을 통하여 문화체험 관광 허브로 조성할 적지라는 생각에서다. 선택과 집중의 논리로 따진다면 무엇보다 우선되어야 한다. 이런저런 생각을 하며 우두봉 능선을 따라 언양 고개로 향한다. 임도를 걷다 보면 사등만과 진해만을 조망할 수 있다. 고현만의 삼성조선단지도 가까이 내려다보인다.

  옥동마을 뒤편의 임도를 따라 옥산 재를 지나면 편백나무 숲을 만난다. 송곡재의 주차장 쪽으로 향하는 길을 걸을때면 마치 하늘로 향하는 구름길을 걷는 기분이다. 데크로 잘 정비된 길은 산방산 정상까지 이어진다. 거제만으로 건너다보이는 산들은 또 다른 산으로 굽이굽이 이어져 있다. 계룡산, 선자산, 노자산, 망산으로 이어지는 능선을 바라보며 산방산 동편으로 올라 서쪽으로 내려간다. 오르막이 있으면 내리막도 있는 인생길임을 알게 한다. 옥씨굴과 무지개터, 애기바위로 내려오면 보름 무렵에 달빛이 고여 넘친다는 산방산 비원도 볼 수 있다. 내리막길은 위험구간이 많아 데크 길 조성이 필요하다.

  산방산 방하마을 청마생가 청마공원을 둘러보며 청마시혼에 빠져

든다. 청마기념관 앞 노거수인 팽나무는 수령 수백 년을 넘긴 아름드리나무이다. 형인 동랑 유치진 극작가와 동생인 청마 유치환 시인이 유년기 시절에 이 나무를 오르내리며 놀았다고 한다. 반질거렸던 세월의 흔적이 팽나무의 나이테를 통해 드러나고 있다. 논길을 따라 청마 묘소로 향하는 들녘은 재 넘어 조선공업의 번창함을 등지고 앉아 평화롭기만 하다. 청령정에서 바라보는 둔덕 들판의 가을은 기름진 쌀과 거봉 포도의 산지답게 넉넉하고 푸짐한 느낌을 준다. 이 들판에는 해마다 코스모스 축제가 열린다.

　둔덕초등학교의 폐교를 리모델링하여 꾸며놓은 둔덕 시골에서 하룻
밤을 지새고, 둔덕 생태천 둑길을 따라 묵은 둔덕의 흔적들을 음미해
보자. 둔덕골의 마을들은 그 이름에서부터 역사의 체취가 묻어난다.
훗날 둔덕천 둑길을 따라 키 큰 미루나무들이 자작나무처럼 줄지어 서
있고, 자귀나무 그늘에 놓인 벤치에서 사랑하는 사람들이 다정히 앉아
있는 풍광도 연상해본다.

　학산토굴황토방에서 배를 든든히 채우고 시작된 산행이다. 걸음걸

음 고려 의종의 심정을 반추하며, 역동적인 거제 조선 산업의 기개를 떠올린다 산방산 정기로 내린 비원의 아름다움과 청마시혼으로 힐링하고, 청령정에서 걸음을 멈춘다.

우리의 삶에는 왕도가 없지 않은가. 하지만 나는 오늘 왕도의 길을 걸었다. 둔덕골을 내려다보며, 천근만근 무거웠을 고려 임금의 발걸음을 따라 갔다. 몸은 무거워도 마음만은 가벼워졌다. 그 기분이 어떨까 하고, 궁금하다면 네 시간쯤 짬을 내 이 길을 따라 천천히 걸어볼 일이다.

김계수

# 섬, 그리울 때 품는

— 내도

떠나는 마음은 바람처럼 서두르고 있다. 뱃전에 부딪히는 파도는 하늘에 닿을 듯 더 푸르고 낮게 나는 갈매기는 조는 것도 같다. 여기저기 정원수처럼 바다에 꽂힌 섬들은 얕았다가 다시 깊어지며 사람들 뒤로 뚝 뚝 떨어진다. 나는 섬으로 간다.

살다 보면 관계가 소원해지고 이해관계가 복잡해질 때, 무적한 세상의 입맛에 맞추어 끊임없이 내 안과 밖을 뒤집다가 스스로 역겨워 지칠 때, 그래서 세상 수족 속에서 홀로 빠져 있고 싶을 때가 있다. 세상이 잠시 방심한 틈을 타 무한히 격리되고 싶어 나는 혼자 섬으로 간다.

그러나 어디 피곤한 세상 탓으로만 육지를 떠날 일은 아니다. 사람이 너무 많아도 그리워지는 한 사람이 있다. 아무리 맛 좋은 음식이라도 나중에 마시는 시원한 물맛이 최고일 때가 있듯이, 순환과 반복에 익숙한 사람 대신 시원한 물맛 같은 한 사람 때문에 그 그리움을 참지

내도

못하고 나는 느리게 섬으로 간다.

섬은 모든 것이 둥글다. 바람을 피하기 좋게 지은 낮은 지붕도, 섬이 자리한 모양대로 길고 순하게 굽은 해안길도 둥글다. 섬 꼭대기를 오르는 가파른 절벽마저도 가까이 보면 모진 데가 없다. 선착장 길게 누운 방파제 바다 위에 주인처럼 누운 고양이 등과 눈은 또 얼마나 둥글고 느릿느릿한지. 모든 것이 둥글어 섬에 오는 사람도, 바람도 순하게 굴러 다치지 않겠다.

작고 둥근 지붕 아래서 순하게 굽은 등을 가진 할머니가 배 시간에 맞춰 천천히 걸음 한다. 훨씬 세상을 더 살았음에도 까만 눈동자가 섬 물처럼 맑다. 고양이 등처럼 굽은 등, 그 등에 몇 아이나 업혀 자라고 앞 모르게 몇 슬픔을 품어 지냈을지, 슬픔은 등으로 품고 순한 미소 앞으로 지으며 섬처럼 살았을 섬처녀. 그 가슴 기슭마다 소금에 베인 시

내도

린 사연들이 얼마나 재여 있을지 궁금하다.

　섬에 도착하니 무겁고 구겨진 바깥일들이 일순간 펴지는 기분이다. 뭍의 소리 멀어지자 귀 뚫리고, 때 묻어 얼룩덜룩한 곳까지 맑게 씻긴다. 내 몸이 이리 가벼웠던가. 생각과 행동이 이리 편안하였던가. 누군가가 속이더라도 내가 나를 속이고 굴절시키는 일은 없어야 할 터인데, 돌아보면 굴절되고 각이 세워져 마음 닿기가 아프다.

　섬 산을 오른다. 너른 바다에 거북 등처럼 박혀 앉았다고 얕보지 말

일이다. 오르다 보면 수천 년 더 멀게 살았을 불쑥 솟은 바위도 있고, 늙고 굵은 노송도 품어 산의 형체는 다 지니고 있다. 오솔길 길게 동백나무, 구실잣밤나무, 후박나무가 동굴처럼 서로를 감싸고 우거져 길을 낸다. 빛마저 통과되기 어려워 적막하기도 하다. 멀리 고동색 갯바위에 부딪히는 파도소리가 아니면, 이곳은 섬이 아니리라. 사람들은 모르는 전설들이 꿈틀거릴 것도 같고, 한 번도 내보인 적 없던 섬의 푸른 심장 소리가 들릴 것도 같다.

귀한 팔색조가 산다는 동백숲 길을 30여 분 걷다 보면 마음은 붉어지고 몸은 온통 푸르게 꿈틀거린다. 거제 내도 숲길을 걷는 300리 숲길이 마치 300가지의 걱정을 드는 일처럼 섬은 나를 가볍게 해준다.

동백 원시림 숲길은 맨발이어도 좋다. 한번 시작하면 그 부드럽고 속까지 전해오는 감촉이 없던 감각까지 깨우고 나서 오히려 신발이 건조하고 깔끄럽다. 얼마나 깊은 사랑과 얼마나 오랜 기다림으로 다듬은 길이어야 이리 포근한가. 그러면 다시 생각나는 휘인 등으로 삭인 섬 사람들의 삶들과 모나고 허세로 구부러진 밖 사람들의 투정.

세월에 휘인 원시림을 벗어나 전망대에 서면 파도는 어느새 발끝에서 곱게 팔랑거리고 있다. 파랑 위 햇빛 조각들을 쪼아 먹는 갈매기 은빛 등 우에 눈부신 오후가 내 흐린 눈을 깨운다.

멀리 쾌속선 치닫는 소리에 바다비오리새 물밑으로 몸을 숨기고 갑자기 안섬(내도, 여자섬)으로 밖섬(외도, 남자섬)들이 달리기 시작한다. 섬도 짝짓기를 하려나, 내도를 향해 떠오는 섬을 보고 놀란 동네 여인이 "섬이 떠온다" 고함을 치자 전설처럼 그 자리에 멈추어버렸다는 섬. 이 섬의 전설을 듣다 보면 긴 세월 동안 여기 자리하지 못하고 떠났을 사람이 생각난다. 또 그 사람으로 생긴 기다림과 그리움은 얼마나 애틋하였을까. 선착장에서 본 등 굽은 할머니는 고운 사랑을 하였을까. 아니면 끈덕지고 모진 그리움으로 이 원시림 작은 산길을 만들어 냈을까. 다시 속도를 몰고 온 여객선은 한 무리의 불륜 같은 사람들을 토해내고 떠난다.

넓은 바다 여기저기 오래 박힌 나무처럼 버티고 선 푸른 점, 한쪽으로만 바닷물이 쏟아지지 못하도록 막을 친 섬들이 나란하다. 섬에 사는 생명들이 밀물 썰물에 밀려 너무 멀리 가지 못하도록 다잡아 버티고, 넓은 바다 낡은 못처럼 꽂혀 전설이 파랗게 녹슨 섬. 그 안섬(내도)에 맨발로 숲을 거닐면 내 가슴 이곳 저곳 푸르게 앉히고 싶은 둥근 그

내도에서 본 외도

리움들이 생겨난다.

이제 떠나기 위해 오른 배 위에서 마주하는 섬을 둘러보면 돌아가는 것이 아니라 돌아올 곳처럼 정이 들었다. 떠난다는 것은 도착할 곳이 있다는 것이다. 도착한다는 것은 끝나간다는 것이고 시작은 떠남에서 비롯된다. 그러니 떠나는 것을 어려워하지 말자. 어디든 섬에 가면 잔파에 조는 듯 편안함, 가물거리는 안개와 둥글고 포근한 숲에서 잠시 속도에 지친 나를 멈추게 될 것이다.

김계수

# 계룡산의 눈물

어떤 병사의/ 여리고 오랜 바램이/ 계룡산 높은 골짜기 샘터가/ 산죽(山
竹) 되어/ 사그락 사그락/ 속도 없이 늙었는가(중략)/ 옛 절터/ 높이 선 바
위의 아득한 인내 끝에/ 서로 다른 이념과 서로 같은 소원이/ 총성과 함성
으로 젖어들어/ 바위 혈관 속 끝나지 않는 폭동이여,/ 섬은 바위에 부러진
비명을 묻고/ 산은 바위를 포로처럼 품어왔네(중략)

— 졸시 「산죽(山竹)」 부분

계룡산을 바라보면 아프다. 푸른 하늘에서 내려 닿는 시린 빛이 아
니더라도 아파서 눈물이 난다. 오래된 것들의 친숙함과 편안함을 느껴
야 하는 어머니 품속 같아야 할 계룡산에서 10월 끝자락 붉고 노랗게
물든 치열한 역사를 듣기 위해 산을 오른다. 벌써 굽어지고 깊숙한 골
짜기에서부터 색색의 단풍이 물들기 시작했다. 부지런하게 다음 계절
을 준비하고 있는 것이다. 몇 계절 당당했던 푸르름은 언제라도 비켜

계룡산 정상

설 모양으로 자신을 버리기 시작한다. 버림으로써 자기를 지킬 줄 아
는 나무들의 현명함에 가슴 따뜻해진다. 수십 년을 잎 피우고 버리고
견뎌서 만든 나이테는 단순한 수령 표식이 아니라, 그 산의, 그 나무의
인생일 것이리라. 버린다는 것이 참 아름답다 생각하면서 가까운 사람
에게 서운한 마음 하나 버리지 못하는 협협한 나를 꾸짖어 본다. 산을
오를 때의 겸손해지는 마음은 흐르는 땀만큼이나 이익되는 일이다.

　길 좋고 단풍이 아름다운 산은 계룡산이 아니더라도 지천이다. 산
높이 절 기둥처럼 둘러싸인 큰 바위들이 궁금했고, 평생 바다의 소리
를 길어 올렸을 산속 나무들이 보고 싶었다. 아래에서 바라볼 때는 '산
불조심'이라 적힌 낙인처럼 찍힌 커다란 철 구조물을 이마에 박은 채,
바위를 이고 있는 모습이 안쓰럽기도 했다. 산허리를 부수고 지나가는

계룡산 돌탑

계룡산 얼음

도로가 그랬고, 도로 위를 달리는 소음을 견뎌내는 숲이 그랬고, 고압
전선 철기둥을 링거처럼 꽂고 있는 모습이 처량했다. 마치 험난한 세
월과 총성과 폭동을 전기의 힘으로 견디게 하는 것처럼. 무엇보다 검
은 천막 아래 수많은 사람들의 서로 다른 이념과 서로 같은 소원을 들
어주지 못한 역사의 죄를 고스란히 가슴에 파묻고 있을 모양을 위로
해주고 싶었다.

곧고 순한 사람들만 모여 살았을 칠백 리 섬의 고요를 일순간 무
너뜨린 거함의 뱃고동 소리와 함성들이 계룡산 곳곳에 묻혀 있는 듯
하다. 땅속에서 70년이 되어 가도록 아직 살아서 꿈틀거리는 듯하다.
중턱을 넘어서니 샘터가 있다. 주변에 산죽들이 키를 넘어 자라 사그
락 거리고 있다. 그 옛날에도 샘터가 있었다면 나이 어린 병사들이 목

계룡산 언덕

계룡산 산죽

을 축이고 쉬어 갔을 자리다. 산죽을 베어 피리를 만들었을 수도 있고, 서로 다른 이념을 향한 예리한 무기가 되었을 수도 있다. 이유도 모른 체, 이 산 저 언덕에 산죽의 약한 허리처럼 꺾이고 사라졌을 영혼을 불러 본다. 샘터 물이라도 떠 진혼제라도 치러야 할 묘한 분위기다. 산죽이 높이 자란 숲 속에는 동물들이 지나다녔을 크기의 통로가 있다. 조금 더 들어서 앉으면 바로 앞사람도 보이지 않을 정도로 숲이 깊고 따뜻한 기운을 낸다. 옛 절터를 들러싼 기둥 바위들의 당당한 자태는 해금강 모진 바람의 흔적과 위엄을 풍긴다. 바위들이 둘러 싼 안쪽 공터마다 넓은 거제 바다를 품에 안은 호기 가득한 옛이야기가 들리는 듯하다. 아늑하고 포근한 기운이 남아돈다. 그 자리에 음식을 먹는 사람들로 가득하다. 이내 아늑한 자리가 부산스럽다. 산 정상 모진 세월에

미군 막사

다듬어진 얼키설키 자리한 바위에서 폭동의 함성과 총성이 들린다. 철조망이 살아서 꿈틀거리는 듯 바위 혈관을 뚫고 나올 기세다. 얼마나 치열했을까, 얼마나 고통이었을까. 얼마만큼 아픔이었는지 그들의 눈물을 아직도 외면하고 있는 지금의 남과 북이 안타깝다. 산죽처럼 잎을 버리지 못하고 평생을 달고 있는 푸름이 멍자국처럼 번져온다.

산등성이를 내려서니 돌담으로 만들어진 미군 통신대 자리가 보인다. 대열을 벗어나 566고지 계룡산에 미군 통신대 돌벽을 짊어지고 올랐을 핏빛 함성들이 아직 귀에 생생하다. 멀리 고향으로, 휴전선 넘어 까지 아들의 소식을 전하기 위해 통신대를 피 흘리며 쌓았을까? 산 정상을 오르내리는 병사들의 여리고 찬란한 눈빛들이 바다 위에 띄웠을 숱한 사연들, 긴 세월 동안 흐르다가 어디에 닿았을까. 칠백 리 섬은 우리 아버지 어머니들의 부러진 비명을 바위에 묻었고, 계룡산은 바위를 포로처럼 아직도 품고 있는데, 지금 사람들은 핏발 선 워커 소리가 이끼처럼 낀 돌벽 안쪽에서 즐겁게 싸 온 도시락을 먹고 있다. 그 벽 속에는 울부짖는 그림자들이 애타게 자유와 고향을 소원하는데.

내게 힘이 있다면 '산불조심' 철 구조물을 잘라 아직도 아픈 영혼들을 위한 비를 세우고 싶다. 내게 힘이 있다면 산죽이 지키고 있는 샘터를 잘 다듬어 오래 지키고 싶고, 옛 절터 세로 선 바위 안 공터에 진혼제를 지낼 수 있는 넓은 자리를 마련하고 싶다. 간식을 먹고 잠시 쉬어 가는 바위로 사용하기에는 끝나지 않는 폭동이 서럽다. 무너지고 훼손되어 가는 미군 통신대 유적도 더 이상 식사 자리를 위한 공간으로 버려두고 싶지 않다. 그러기에는 바다와 거제와 포로수용소를 품고 있는 어머니 같아야 할 계룡산이 너무 아프지 않을까. 오를 때보다 더 아프게 산을 내려온다.

김영미

# 거제문화예술창작촌으로 가는 길

예술인의 생활을 엿볼 수 있는 곳이 있다. 거제문화예술창작촌, 예술인의 삶을 엿볼 수 있는 그곳으로 발길을 돌려본다.

은빛 물결이 넘실대는 남부면 해금강 마을을 지날 당시만 해도 가뿐했다. 외딴 섬의 고즈넉한 여운으로 들뜬 마음은 창공을 향해 나래를 폈다. 그러나 동백 숲 우거진 학동 마을로 들어서자 끊임없이 이어진 차들이 도로를 꽉 채우고 있어 움직일 수가 없었다. 학동 바다는 저 혼자 따사로운 햇살을 부비며 눈부시게 반짝였다.

먼 수평선 너머에서 시작된 어둠은 갈 길 잃은 사람처럼 허둥대며 밀려오고, 매물도의 여로는 서서히 피로에 젖어들게 한다.

거제예술창작촌은 장목면 송진포리에 있다. 학동이 거제의 남쪽이라면 장목면은 북쪽 어디쯤이다. 거제도는 리아스식 해안으로서 해안변 길이만도 칠백 리, 아니 천 리가 훨씬 넘는다고 한다. 산 능선 따라

거제시 남부면 해금강 마을의 일출

학동 흑진주 몽돌해수욕장

굽이진 해안 길은 어둠이 내리면 운전하기가 더욱 힘겹다. 낮 햇살을
받아 은빛물결로 일렁이던 코발트 빛 바다에도 암흑의 짙은 어둠은 내
려앉고, 먼바다의 한쪽 끝에 외로이 서 있던 등대는 저 홀로 깜박인다.

인적 드문 외진 길로 들어선다. 산을 뚫어 길을 내어서인지 인가는
드물고, 안내표지판마저 보이지 않는다. 몇 번 다녀왔던 곳이지만 짙
은 어둠 속을 헤치고 가는 길은 더욱 더디다.

해무 낀 구조라 윤돌섬

사위는 점점 더 깊어져 가고, 차의 속도는 한없이 느려진다. 고단하면서도 달콤했던 여행은 시간이 흐를수록 피로를 불러오고, 나는 가던 길을 멈추고만 싶다. 그러나 동행인은 기어이 그곳으로 가야 한단다. '글 쓰는 사람으로서 나에게 보여주고 싶은 것이 있다는 말이리라' 짐작해본다.

점점 지쳐가던 나는 작년 초에 한 번 들린 적이 있으니, 오늘 꼭 그곳에 가지 않아도 된다며 은근슬쩍 쉬고 싶은 마음을 내비친다. 그러나 모처럼 만났으니 늦더라도 아동문학가 윤일광 촌장님 서재도 둘러보고, 자료가 많으니 글쓰기 도움도 받자고 한다.

저녁 시간은 이미 훌쩍 넘었다. 피곤에 지쳐 배고픔도 잊었다. 그러나 우리는 글을 쓰는 사람이다. 어떤 날은 글 쓰는 사람이 지녀야 할 사명감을 토로하기도 하고, 또 때로는 부족한 글로 인한 수치심으로 한없이 수그러들기도 한다. 그러면서도 쉬이 놓지 못하는 생각의 꼬리를 낱말로 풀어내며 고심에 쌓이는 것이다. 만족할 수 없는 글을 써 놓고 부끄러워하던 나의 모습이 떠오른다.

'그래, 자료가 많다면, 뭔가 도움이 되는 것들이 있겠지!'.

장목면 송진포리에 위치한 거제문화예술창작촌

　조용히 눈을 감고 수많은 책들로 둘러싸인 서재를 상상하며 책 속에 파묻혀 지내실 작가님에 대한 상상의 나래를 펼쳐본다.

　길 찾기는 무척이나 어려웠다. 몇 번 다녀와서 쉽게 찾을 수 있을 것이라는 생각은 터무니없었다. 그 와중에 뜬금없이 창작촌을 공원으로 조성하면 어떻겠냐고 묻는다. 넓은 부지에 나무도 심고, 앙증맞은 조명등도 군데군데 달고, 무엇보다 세 채의 집과 집 사이의 길을 아름답게 꾸며서 밤에도 스스럼없이 찾아갈 수 있도록 하면 좋겠단다. 그러면 동네 분들도 산책 삼아 놀러 올 공간이 생기고, 관광객들도 데이트 삼아 들릴 수도 있지 않겠냐고 한다. 잠시 고민에 잠겨본다. 드디어 창작촌에 도착했다.

　이곳에는 세 분야의 전문 예술가들이 거주한다. 아동문학가와 한지공예가 그리고 조각가이다. 이분들은 심의회를 거친, 그 특정 예술 분야에서는 실력을 인정받은 순수 전문예술작가님들이라고 한다.

문학가인 윤일광 선생님 서재 벽면에는 책이 빽빽하다. 마당 한 귀퉁이에는 크고 작은 돌들이 여기저기 마구잡이로 흩어져 있고, 한지공예가 창작실에는 한지와 공예작품이 가지런히 진열되어 있다. 예술의 분야와 성격에 따라 집의 풍경도 다르다.

실제로 몇몇 예술인들의 집을 방문해 보면 자유로움을 느낄 수 있다. 그렇다고 모두가 그런 것은 아니다. 지나치게 정리정돈이 잘되어 있는 경우도 더러 있으니까. 예술인의 방 안 풍경을 떠올려본다. 작품들이 즐비하게 늘어져 있는 모습이 선하다. 누구나 원하는 일에 홀린 듯이 몰두하다보면 지금 하는 일 외에 다른 어떤 것도 할 수 있는 여유가 없을 테지. 그 행위야말로 진정으로 집중하고 몰입하는 것이 아닐까.

조각가는 돌의 형태와 질감과 느낌만 가지고 다른 형태의 사물을 만든다. 한지공예가는 한지를 물에 녹이고 붙이고 말려서 전혀 다른 물건을 탄생시킨다. 그러한 작업을 하기에는 하루가 꽤 빠듯하리라. 문학가도 다르지 않다. 작품의 소재와 주제 그리고 구상에 오랜 시간이 소요된다. 펜을 놓고 멍하게 앉아 있는 것처럼 보이지만 머릿속으로는 오만가지 생각에 생각을 덧씌우고, 깊이 사색해야만 제대로 된 글을 쓸 수 있다. 게다가 퇴고에 퇴고를 거듭해야 한다니, 하나의 작품이 완성되기까지는 얼마나 많은 묵은 시간이 필요할까.

물론 일 년 열두 달 창작의 고통을 안고 지내는 것은 아니다. 그러나 겉으로 보이는 것들을 내면의 깊은 사색으로 곰삭히면서 새로운 것을 창작하기 위한 상념의 시간을 보내고 있음을 우리는 알아주어야 하

장목면 송진포리 궁농해변에서 바라본 거가대교

는 것이 아닐까? 어떤 이들은 자신이 사는 집인데 왜 저렇게 아무렇게나 해 놓고 사느냐고 할 수도 있겠지만, 작업에 몰두하는 시간에는 아무것도 할 수 없는 것이 예술인들이 부여받은 고단하면서도 숭고한 삶이 아닐까 한다.

요즘은 소통의 시대라고 한다. 물 흐르듯이 나와 타인의 생각이 서로 틀린 것이 아니라 다르다는 것을 인정하고 이해해야 하리라. 굳이 예술인의 삶을 말하지 않더라도 친구들 사이에서도 서로의 의견이 달라 관계가 불편해지는 경우를 더러 보았다. 자기 생각만이 옳다고 하는 이기심이 서로의 관계를 무너트리고 아픈 상흔을 남기는 것이 아닐까.

더불어서 함께 살아가야만 하는 세상이다. 조금 더 열린 마음의 창으로 타인의 삶을 바라보아야겠다. 지금 내 곁을 지키고 있는 사람들

장목면 송진포리 궁농해변에서 바라본 일출

을 소중하게 들여다보는 여유가 필요하다는 생각을 한다.

가을이 지나, 겨울이 문턱이다. 마음속 온기를 피워서 냉기를 잠재
워야 할 때가 왔다. 서로에게 기댈 수 있도록 우리 모두의 마음을 조금
만 더 넓혀보면 어떨까. 보이지 않던 따뜻한 불씨가 슬그머니 일어날
것만 같다.

고운 단풍이 바람과 물과 공기에 의해 아름다운 색을 입는 것처럼,
우리들도 서로를 향한 관심과 배려로 의지하면서 이 풍성한 가을날의
단풍들처럼 곱게 물들어보면 어떨까.

아름다운 가을날, 창작의 고통으로 새로운 것을 재탄생 시키는 예술
인들의 삶을 투명한 눈으로 다시 한 번 들여다보는 멋진 날이 되었으
면 한다.

김용호

# 가조도 노을의 언덕

가조도는 거제 본섬의 부속 섬으로 2009년에 본섬과 다리가 놓였다. 섬과 섬 사이에 놓인 다리를 연도교라 부른다. 반면에 섬과 육지와의 다리는 잘 아는 것처럼 연륙교이다. 그런데 가조도 다리는 본섬과 연결된 연도교이지만, 명패에는 분명히 가조연륙교로 되어 있다. 거제 본섬이 워낙 크다 보니, 섬이 아닌 육지로 인식한 까닭인 듯하다.

어쨌거나 그전에는 거제의 성포항에서 수시로 오가는 작은 페리에 자동차를 싣고 건너던 섬을 이제 횡하니 멋진 다리로 건넌다. 너무 쉽다. 게다가 가조도는 아직도 옛 맛을 간직하고 있는 섬이다. 마을 아담한 포구와 뒷산 자락을 끼고 있고, 집들도 소박하고 다정하기 그지없다. 다리가 놓인 지 아직 얼마 되지 않은 탓도 있지만, 산자락의 흘러내림과 돌아앉은 포구와 해안선의 영향일 것이다.

그러나 앞으로 더 시간이 가면, 이 섬에도 점점 새 건물과 상업시설

가조도 노을의 언덕에서 본 석양

이 들어설 것이다. 그러니 가슴이 따뜻한 사람들은 그러기 전에 몇 번씩 가조도를 찾아갈 일이다. 참 쉽고 워낙 다정한 길이라. 중년의 벗이나 연인끼리 드라이브 코스로 천 번이라도 권하고 싶다.

노을의 언덕 전망대

땅콩처럼 잘록한 허리가 있는 섬인데, 섬을 8자 모양으로 도는 드라이브가 기가 막힌다. 만약에 당신이 오른쪽에서 왼쪽으로 돈다면(동에서 북, 서로), 왼쪽은 틀림

가조도 계도

없이 남쪽 땅콩 모양에 있는 백석산(207m)이거나 북쪽 땅콩 모양에 있는 옥녀봉(232m)이 보일 것이며, 오른쪽은 바닷가의 모습과 군데군데의 어촌들을 바라볼 것이다.

얼마나 신나는 드라이브일 것인가. 지나가는 차량도 한적하여 적당한 곳에서 얼마든지 바다와 산을 조망할 수 있다. 그렇게 일주하는 동안에 휴식을 권하고 싶은 포인트가 딱 두 곳이 있다.

두 번째 포인트부터 설명한다. 이곳은 조금 오래 쉬어가야 하는 마을인데, 계도(鷄島)라 부른다. 섬의 북쪽에 있으며 '닭섬'이라는 마을이다. 사실은 계도, 즉 닭섬은 닭을 닮았다는 섬으로 계도마을 바로 앞에 있다.

그 주변으로 낚시를 하면서 숙박할 수 있는 해상 펜션들이 있고, 근사한 화장실과 어촌 부녀회에서 운영하는 음식점이 있다.

이 계도의 부녀회 음식점에 기가 막힌 메뉴가 있으니 장어구이다. 무슨 장어구이가 대단한 메뉴라고 호들갑을 떠느냐고 틀림없이 반문할 것이다. 필자는 이미 그러리라 짐작하고 있다. 나도 거제 촌놈. 장어구이를 한 번 먹어봤겠느냐고요.

그러나 이 계도의 장어는 다르다. 돌장어다. 물론 바닷장어, 붕장어이지만, 서식지가 다르단다. 돌 틈에서 잡히는 장어란다. 돌 틈이야 유독 계도에만 있는 것이 아닐 터, 필자도 의심이 잔뜩 들었는데, 확실히 다르다. 설명을 할 수가 없다. 장어는 여름에서 초가을이 제철, 이때에 반드시 계도의 장어를 맛보시라. 그 차이를 느끼지 못한다면, 당신은 맛에 둔감하시거나, 이런저런 장어들을 적게 맛본 것으로 치부하고 싶다.

아 가을이 깊었는데, 아직도 계도에는 장어구이가 있을까? 맛이 아직도 살아 있을까!

다음으로 반드시 내려서 사진을 찍어야 할 첫 번째 포인트를 소개한다. 바로 '노을이 물드는 언덕'이다. 이 포인트는 쉽다. 섬의 목, 즉 땅콩의 잘록한 허리 지점에 있다. 이 허리에선 양쪽의 바다를 동시에 볼 수 있다. 하지만 단연 장관은 서쪽의 석양이다.

'노을이 물드는 언덕'이라. 참으로 낭만적인 이름이다. 아마도 거제의 남쪽 도장포에 있는 '바람의 언덕'의 영향을 받은 명명일 것이라 생각된다. 사실 필자는 그 도장포의 언덕을 지나다니며 낚시를 했으므로 그저 덤덤했으며, 처음 '바람의 언덕'이란 명칭을 접했을 때, '웬 생뚱'이라는 느낌이었다. 그러나 별 볼 일 없었던 그 '바람의 언덕'은 대대적인 바람몰이를 하야, 인접 절경인 신선대의 코를 납작하게 만들었다.

하여 나는 '바람의 언덕'에 찬사를 보내지 않을 수 없었으며, 명칭의 대단한 위력을 절감할 수밖에 없었다. 그래서 충고하고 싶은 마음이 도졌다. '노을이 물드는 언덕'이 참으로 낭만적이지만, 좀 더 쉽고, '바람의 언덕'과 화음을 맞추어 '노을의 언덕'이라 바꾸어 명명하고 싶다. 거제의 남쪽에는 '바람의 언덕', 북쪽에는 '노을의 언덕'. 얼마나 멋진 일인가.

이제 여름이나 가을이면 가조도로 가자. 친구라도 좋고, 연인이나 부부라면 더욱 좋다. 14번 국도 통영에서 거제로, 거제에서 통영으로 가는 중간에 있는 성포에서 꺾어 들어가면 바로 가조도다. 계도의 부녀회 음식점에서 돌장어 구이를 맛보시고 돌아오는 길에 섬의 목에 있는 '노을의 언덕'에 반드시 들러야 한다.

이제 석양이 지면서 통영을 바라보는 바다에는 수도, 지도가 떠 있고, 노을이 빠알갛게 물들고 있을 것이다. 그 참혹하게 아픈 절경에 정든 벗은 더욱 정들고, 사랑은 더욱 도타워져 우리를 살찌게 하고 이기게 할 것이다.

김임순

# 대숲엔 푸른 바람이 불고
— 거제맹종죽테마파크

사철 푸른 잎을 지닌 대나무를 두고 올곧은 선비의 정신이요, 속은
비어 있으나 곧게 자라니 지조와 절개의 상징물로 여겼다. 또한 쌍청
(雙淸)이라 하여 굽히지 않는 세 벗(대나무, 소나무, 매화)에 비유했고,
오우(五友)라 하여 다섯 가지의 식물(매, 란, 국, 죽, 송) 중에서도 차지
하는 비중이 지대하다.

그 식물들을 나름 사계(四季)로 나뉘어보면 매일생 한불매향(梅一生
寒不賣香)이라! 역시 봄의 대명사는 매화가 틀림없다. 삐침의 미학을
지닌 난은 세작 같은 고 간들간들한 잎으로 사람의 애간장을 녹인다.
서리 맞은 국화는 아이를 한 다섯쯤 낳은 중년 여인의 까무딱지 핀 얼
굴 같다. 나잇살 들어가며 마시는 황국 차향은 노년의 삶을 관조(觀照)
케 한다.

그럼 대나무(竹)는 어디에다 비유할 건고? 이거야말로 동진(東晉)의

맹종죽순이 올라오는 전경

도간(陶侃)이라.

하루는 손님이 왔으나 가난하여 대접할 것이 없자 아내가 머리카락을 잘라 손님을 정성껏 대접했다는 절발역주(截髮易酒)다. 사흘 내리 굶어도 글만 읽는 선비의 자존심이다.

땟거리야 떨어졌든 말든 책만 읽었다니, 요새 같으면 그 꼴 보고 인내할 춘향이가 몇 명이나 있을꼬. 로또 복권 당첨되면 도망가는 이도령이 얼마나 많은 데. 팔자를 고치려면 댓잎으로 죽을 끓여 먹어도 사랑만큼은 대쪽 같기를 바라는 마음이 간절하다.

매향이 코끝을 간질이면 암흑의 땅속도 기침을 한다. 겨우내 얼어붙었던 산야를 죽창으로 무장한 채 치받고 올라온다. 깨어나자마자 일제에 항거한 민초들이 응집하듯 울울창창 대숲을 이룬다. 바람이라도 불라치면 함성 소리는 계곡을 넘어 현해탄을 건넌다. 대나무 빗자루로 쓸어내어도 시원찮을 그들의 만행에 몸서리가 쳐진다. 역사의 피해자인 소녀상은 오늘도 장승포항을 바라보며 일제의 사과(謝過)를 기다리며 목을 놓고 있다.

맹종죽 숲을 찾아간 날은 8월의 뙤약볕이 내리쬐고 있었다. 거제의 관문인 고현을 통과하여 연초 삼거리에서 하청 방면으로 꺾어들면, 칠천량이 펼쳐진다. 어쩌면 패전한, 비겁한 애국자가 줄행랑을 놓았을지도 모를 언덕바지에 거제맹종죽테마파크 단지가 자리하고 있다.

거제맹종죽테마파크로 오르는 길목

거제맹종죽테마파크 표지판

　여기저기 불쑥불쑥 하늘을 무찌를 듯한 기세를 쳐다보면 어느 것이 댓잎이고, 하늘인지 그 끝이 아득했다. 열병하듯 늘어선 대숲 길을 걷다 보면 무림의 고수처럼 날아다니는 듯한 착각마저 들었다.

　대나무 숲길을 쉬엄쉬엄 에돌아 오르면 팔부 능선쯤에 휴게소가 나온다. 촘촘하게 설치해놓은 지압 대(竹)를 밟는 순간 오장육부가 사혈침을 맞는 듯 시원하게 뚫린다. 적막한 바다 위로 한 낮의 햇살이 하얀 폭죽을 무수히 터뜨려 놓는다. 야외 벤치에 앉아 준비해간 도시락을 먹고, 차(茶)를 마신다. 그 순간만큼은 노블레스 오블리주(noblesse oblige)의 주인공이 된다. 그러다 대나무와 나란한 편백나무 아래 놓인 평상에 죽비를 껴안고 누우면 신선이 따로 없다.

　등줄기를 타고 흘렀던 땀방울이 꾸덕꾸덕 마를 즈음 각가지 체험과 모험을 즐길 수 있는 테마파크공원을 만나게 된다. 다양한 이벤트는 물론, 스릴 만점의 서바이벌 체험현장은 식었던 등골에 고드름을 돋게 만들었다. 결 고운 대나무로 공예체험을 즐기는 묘미 또한 빼놓을 수가 없다.

전 세계적으로 대나무의 종류는 500여 종이 넘는다고 한다. 우리나라는 오죽, 해장죽, 왕대, 조릿대 등 열네 가지 정도가 그 분포를 이루고 있다. 오죽은 감죽 상반죽 등으로 유사한 명칭과 동일시되고, 잎사귀가 녹색이었다가 이태가 지나면서부터는 자흑색으로 변한다. 꽃은 약 60년을 주기로 피는데, 주로 관상용으로 재배된다고 한다. 그중에서도 화본과(禾本科)에 속하는 맹종죽은 그 키가 활대 장상만 하여 대나무 중에 호걸이라 칭해도 과언이 아니다.

거제로 유배 온 김진규 선생(1689~1694)의 글에 의하면 "대나무는 진(晋) 왕휘지(王徽之)가 '차군(此君)'이라 일컫고, 청색 바탕에 주옥처럼 아름답다고 '청랑간(青琅玕)'이라고도 했다. 죽순을 '용손(龍孫)'이라 하고 '푸른 옥 묶음'같다고 '창옥속(蒼玉束)'이라 부르기도 한다. 갓 돋은 죽순은 '금맹(錦萌)'이라 하는 데, 백거이(白居易)는 죽순을 먹으니 열흘이 넘도록 고기가 생각나지 않았다고 전한다."

그는 또 거제의 대나무에 대해서도 소상하게 밝히고 있다. "자랄 때는 많은 스승 중에도 특히 뛰어나며 강직하고 곧음이 훌륭하니 여우나 미꾸라지에 견주리오. 한 번 결정된 대로 곧게 자라고, 자라는 중간에 잘리면 그 자리에서 자라기를 멈춘다고 하니, 그야말로 성질 한번 대쪽 같다.

또한 두 가지의 음식을 소개한 바 있는데 '거제 시래기 죽'과 '죽매면'이다. 그중 하나인 죽매면은 죽순을 잘게 썰어 분말 내고, 죽순 가루와 콩가루를 물에 넣고 매실청을 가미하여 새알심을 비빈다. 거기에다 벌꿀로 맛을 가미하니 그 맛이 기이하다. '죽매면'을 먹고 난 소감을 "죽순과 대나무는 잘 어울리는 음식이라며 죽매면 찬가"를 7언 한 시로 남겨 놓았다.(고영화(高永和) 엮음, 『거제도유배고전문학 총서』)

식용 가능한 맹종죽은 우리나라 전체 생산량에 85%를 가량이 우리 거제도에 생산되고 있다. 죽순은 단연 우리 고장의 최고의 특산물이다. 그러니 가히 명물이라 하지 않을 수 없다.

5월이면 검은 털이 에워싸고 있는 죽순을 쪼개면 노르스름한 속살이 나온다. 약간 아린 맛이 나므로 삶아서 쌀뜨물에다 재워서 냉동실에 보관하면 여름 내내 두고두고 댓잎 향기를 맡을 수 있다. 죽순은 단백질 탄수화물 칼슘 등 영양소가 풍부하고 골고루 함유되어 있어서 성인병 부인병 등 식이요법에 탁월한 효능을 지니고 있다.

맹종죽의 관한 유래에 보면 재미있는 설화가 있다.

중국 고금의 저명한 효행자 24인을 수록한 '이십사효' 중 한 명인 맹종은 삼국 시대 오나라 강하 사람으로 오랫동안 병상에 누워있던 그의 모친이 한겨울 대나무 죽순을 먹고 싶다고 하기에 눈에 쌓인 대밭으로 갔지만 대나무 순이 일을 리 만무했다.

대나무 순을 구하지 못한 맹종은 불효를 한탄하며 눈물을 흘렸다. 그러자 하늘이 감동하여 눈물이 떨어진 그곳에 눈이 녹아 대나무 죽순이 돋아났다. 하늘이 내린 이 죽순을 삶아 드신 어머니는 병환이 말끔하게 나으셨다. 이로써 맹종죽이 효를 상징하는 하나의 의미가 되었다. 눈물로 하늘을 감동시켜 죽순을 돋게 했다고 맹종설순(孟宗雪筍)이란 고사성어가 있다

사람들의 입에서 입으로 전해지는 효자에 관한 전설이 어디 맹종에

게만 있었겠냐만, 엄동설한에도 죽지 않고 눈밭을 뚫고 나오는 그 기상은 일 년이면 육척장신의 기골을 갖춘다. 서로 내기하듯 위로만 치오르지, 결코 내려다보는 법이 없다.

대나무 하면 단연코 선비의 지조요, 절개라고 일컫는다. 하지만 나는 점바치부터 떠오른다. 옥이 엄마가 작두를 타고 내림굿을 받던 날, 만신은 잡귀를 몰아낸다며 악다구니 쓰듯 대나무를 흔들었다. 휘파람을 화화 불며 동전을 굴릴 때는 오금이 다 오그라들었다.

샤머니즘의 어떤 원리가 작용했는지, 그 뒤로 오방색 색실을 묶은 대나무가 삽짝에 세워졌다. 그 앞을 지날 때마다 삼베옷인 양, 옥수숫대 소리인 양, 바람결에 와사삭 댔다. 겹겹이 에워싼 껍질은 그 어느 것의 범접도 허용하지 않겠다는 태세였다.

"나물 먹고 물 마시고/ 팔을 베고 누웠으니/ 대장부 살림살이/ 이만하면……"

맹종죽순 요리에 대통 밥상을 받고, 대통 술에 거나하게 취한다. 속이 빈 것을 만나서 속을 채우니 '백수가'가 절로 나온다.

이보쇼, 맹종죽(竹)양반!

속이 뻥 뚫린 위인이 곧기는 어이 그리 꼿꼿하쇼? 그 비법을 만천하에 공개할 의향은 없으신지? 호랑이는 무서워도 가죽은 탐이 난다는 말처럼 세상천지가 그 짝 났소. 아직 오지도 않은 내년도 벼슬자리 놓고 저리 입씨름들을 해대니 위인의 교훈이 절실해 보입니다, 그려.

김임순

# 모자를 벗어두고, 거북이 등에 오르다

— 내도

"사람들 사이에 섬이 있다"

섬과 섬 사이에도 섬이 있다.

"그 섬에 가고 싶다"

그래서 섬을 찾아 나섰다.

언젠가 뜻이 잘 맞는 문우(文友)가 있었다. 지아비 따라 남단의 섬을 찾아들던 유림의 논객들 속에서 단연코 호방한 가객이었다. 유머러스한 말솜씨로 말끝마다 좌중을 휘어잡았다. 재능으로 보면 연극배우나 개그우먼이 제격이었다. 입심이 좋아 입에다 자물쇠를 채운 사람들을 그냥 두지 않았다. 남에게 웃음을 선사하는 것도 보시요, 적선이거늘 내게는 남을 웃길 만한 재주도 없었다.

외형을 뜯어보면 문신(文臣)과 무신(武臣) 같았다. 그런데도 죽이 착착 맞았다. 짠지 같은 내 쪼잔한 성격은 그녀를 만날 때마다 말캉한 젤

내도섬 표지

리가 되어갔다.

　하루는 보리밥을 먹으며 작당을 했다. 우선, 거제도에 있는 유·무인도를 찾아다니며 기행을 한 다음 책을 엮어내기로 뜻을 모았다. 그때 가장 먼저 찾아가기로 의논했던 곳이 내도(島)였다. 그러나 그녀가 이곳을 떠나면서 애석하게 삼일천하로 끝나고 말았다.

　실로 몇십 년 만이다.

　삼십 대에 들어와 예순을 넘긴 뒤에야 비로소 유랑하듯 떠 있는 섬을 찾아간다. 이미 그곳에서 민박을 예정한 여행객들은 일용할 물품들을 바리바리 싸들고 승선을 했다. 정기적으로 운항하는 선박은 마을 사람들의 유일한 교통수단이었다. 섬을 소개하는 선장의 재치 있는 입담은 내방객의 폭소를 자아내게 하였다.

　갈매기가 선박을 인솔했는지, 여행객들이 유인한 새우깡에 홀려서

여객선을 따르는 갈매기

왔는지, 구조라 선착장에서 15분쯤 달려 섬에 도착했다. 각각 머무를 수 있는 시간을 하달받고 일주를 시작한다. 길은 선창에 내려 바다를 끼고 왼쪽으로 에돌았다. 저런 걸 두고 쪽빛이라고 하는가! 한 바가지쯤 들이키고 나면 헬리코박터균이 서식하는 내 위장에도 파란 물이 들 것 같았다.

'내도(島) 명품 길'

첫 관문부터 달랐다. 그게 섬의 문패였다. 더 이상 얕잡아 볼 오지 섬이 아니었다. 내가 그렇게 벼르고 있었던 동안 섬은 관록이 붙어 명품이란 벼슬을 얻었다. 해외 물품만 등급을 매기는 게 아니라, 득세 부릴 만한 명품 섬도 있었다. 휘파람이 절로 나왔다. 동박새가 노래를 부르는가. 제 집도 명품 섬에 있다는 걸 자랑이라도 하듯 머리 위에서 짹짹댔다. 해녀의 숨비 소리도 나그네의 발길을 더디게 만들었다.

섬에서는 모두가 하나같이 동무가 된다. 갈매기를 불러 모아 곁에 앉히고, 해산물 한 접시 시켜놓고 탁배기 한 잔을 마시고 싶었다. 한동안 바위에 걸터앉아 세상 시름 모두 내려놓는다. 미움도 애증도 그리움이 된다.

무엇에 매달려 그리도 알뜰살뜰 헤맸던가. 세상살이가 장자의 호접몽에 불과하거늘 다시 걸음을 재촉한다. 암청색의 바닷물이 찰방찰방 발밑에 밟혔다. 바다와 어깨동무를 하고 섬을 도는 내내 물 위를 걷는 물오리 같았다.

정상에 오르니 또 다른 섬이 코앞에 와 닿았다. 내도(內島)가 아내라면 남편은 외도(外島)인가. 바람만 불지 않으면 가내는 무탈할 것이다. 바다는 용치노래미를 뼈째로 썰어놓고 장기 한 판 두어도 좋을 만큼 고요하다. 이쪽에서 멍군이요! 하며 저편에서 장군 받아!라고 응수할 만큼 지척의 거리였다. 그러다 무료하면 거룻배 띄워놓고 낚시 삼매경에 빠져도 좋다.

섬의 형상은 모자를 벗어 놓은 모양, 거북이 형상을 닮았다 하여 모자 섬, 혹여는 거북섬이라 부르기도 한단다. 민가는 고작 열대여섯 가구, 뉘 집에 숟가락 몇 개 있는 것까지도 훤히 알고 있을 것이다. 그러니 소가지 비좁은 사람이라도 다투고 살면 안 될 것 같았다.

| 共堂分被思 | 같은 집에서 이불을 나누었던 생각 |
| 雙壟望雲眸 | 두 언덕에서 구름을 바라보던 눈동자 |
| 孝悌君家耀 | 효도와 우애가 그대 집에서 빛났고 |
| 流離我地荒 | 유리표박하는 나의 처지는 거칠구나. |

　　- 수재 유경준(연도 미상), 『거제도유배고전문학총서』(高榮和 엮음)

객지를 떠도는 사람들에게 고향은 곧 어머니의 품속이다. 그곳에는 부모님이 이마에 손차양하고 오래도록 자식들을 기다린다. 깨복쟁이 친구들과 알몸으로 쌓았던 추억들이 따개비처럼 다닥다닥 붙어있다. 어느 날 도시의 언저리를 외롭게 떠돌다 문득 생각나면 눈물부터 고이게 한다.

섬으로 유배 온 가객들조차도 신세는 한탄했을지언정, 거제의 풍광만큼은 칭송이 자자했다는 것을 유배문학에서도 여실히 드러내고 있다.

예전에는 개 짖는 소리마저 들리지 않았을 만큼 외면받던 섬이었다. 사람들의 발길이 잦다 보니 마을 사람들이 고안해낸 것이 공동체 운영이었다. 여행객들을 상대로 민박집은 물론 가게를 운영하며 소득을 올리고 있었다.

감히 말하건대 우리는 희망을 안고 도시로 몰려들었다. 청춘들이 빠져나간 고향을 우리들의 늙으신 부모님이 지키고 있다.

"제국 로마의 희망이 대도시 로마에 있지 않고 로마가 짓밟아 버린 변방의 팔레스타인에 있었듯" 이 시대의 희망은 도시가 짓밟아 버린 지방의 농·어촌에서 부흥의 기회가 새롭게 탄생할지 아무도 모른다.

그만큼 도시는 문명의 혜택을 누리게 만드는 한편, 자폐적인 정신지진아를 생산해내고 있다. 고민과 슬픔이 많은 도시에 종속되어 정신과 육체가 함몰된 사람들이 고가의 장비를 갖추고 산을 오르는 이유는 무엇인가? 그걸 탈피하고자 주말이면 산과 바다를 찾아 힐링에 나서는 게 아닌가! 그렇게라도 해야 만이 다시금 도시로 회향했을 때 좀비들과의 경쟁에서 견뎌낼 것이다.

물론, 인간의 수명이 늘어나면서 건강하게 오래 살고 싶은 건 어쩌면 인간 본연의 욕심일 게다. 그런 사람들을 위해 섬은 언제나 쉼터를 제공하며 영혼을 치유해준다. 명품 섬 내도야말로 충분한 안식처가 되어 줄 것이다.

연인의 숲으로 들어가는 길

외도를 배경으로 사진 한 컷을 찍었다. 내일이면 "나는 어제와 이별을 고했다. 그 시간은 다시는 돌아오지 않는다." 라고 말한 시인의 수첩에 내 추억의 한 페이지를 메모한다.

섬을 절반쯤 돌았을까, 야트막한 정상에 숲의 터널이 나왔다. 명명하여 "연인의 길"의 길이었다. 보기만 해도 청춘시절의 심장이 되살아나듯 가슴이 설렌다. 누구나 저마다 가슴 속에는 한 사람의 연인을 품고 지냈거나, 지금까지 간직한 채 살아가고 있을 것이나.

굳이 남녀가 아니어도 그게 무슨 대수인가. 마음 맞는 벗과 함께 도란도란 걸어도 좋다. 나란히 걷는 사람이 인생의 동반자라면 더할 나위 없이 발걸음이 가뿐할 것이다.

그러나 살다 보면 인생살이가 어디 그리 만만하고 호락호락하겠는가. 어찌 좋은 인(因)만 있고, 어찌 평생 끊어지지 않는 질긴 연(緣)만 있겠는가. 때로는 인연으로 만나 악연이 되어 돌아서는 일도 흔하지 않던가. 그래서 선승들은 인생살이 자체가 고뇌라고 답하지 않았을까.

나는 앞서가는 어느 집 가장의 뒷모습에 시선이 멈추었다. 등이 굽은 어깨에 실린 일상의 짐이 몹시도 애처롭게 보였다. 이 나라에서 살아가야만 되는 남자들의 수난시대가 바람처럼 등을 떠민다. 아버지와 아들이 밥그릇 싸움을 하는 이 몹쓸 놈의 현실이 눈물 나게 서럽다. 햇살 좋은 오늘 하루만이라도 삶의 무게를 그가 훌훌 벗어버렸으면 하는 바람을 가져본다. 행여 사이가 좋지 않은 부부가 있을라치면 저 관문을 통과하면서 서로의 허물을 덮어주었으면 좋겠다. 가근방에 칭송이 자자한 금실 좋은 부부로 백년해로하기를 그 또한 염원한다.

연인의 길은 아무래도 청춘들을 위한 사랑의 길이라고 칭송해야 옳을 듯싶다. 죽고 못 사는 선남선녀들이 들꽃을 묶어 언약식을 해도 어울릴 만한 장소. 신비주의에 가까운 어느 연예인들이 산골에서 치른 결혼식보다 더 운치가 있을 것 같다.

굳이 비싼 비용을 들일 필요 없이 새우깡 몇 봉지로 칙사대접하면 갈매기 하객들이 빽빽하게 몰려들 것이고, 팔색조를 위시하여 온갖 새들이 축가를 불러줄지 모른다. 겉치레보다 초라할지언정 명품 인연으로 탄생하는 게 의미가 더 크지 않을까.

섬이 좋아 섬에 살면서 섬을 노래할 수밖에 없었던 시인처럼, "이 죽일 놈"의 명품 섬이 바로 내도(島)였다.

김정순

# 이순신 만나러 가는 길

옥포항이다. 명량해전(鳴梁海戰)에 근거한 영화 〈명량〉을 관람 후, 그 잔상이 가시지 않아 나선 길이다. "신에겐 아직 12척의 배가 남아있사옵니다" 불황을 겪고 있는 거제도의 현실 탓인가. 내내 귓가를 떠나지 않는 한마디가 이곳으로 발길을 내딛게 했나 보다. 〈명량〉은 천만 관객을 훌쩍 넘기고 한국영화사에 한 획을 그은 영화이다. 영화의 주인공인 이순신 장군 또한 우리나라 해전역사(海戰歷史)의 한 획을 그은 분이 아닌가. 흔적을 쫓아가듯 옥포항을 들머리로 이순신 장군을 만나러 내처 걸음을 옮긴다.

옥포항은 임진왜란 당시 조선 수군의 첫 해전이자 승전고를 울렸던 현장이다. 첫 승전으로 인해 이후의 전세를 유리하게 반전시키는 계기가 되었다 하니 역사적으로 큰 의미를 지닌 곳이다. 당시 해전이 벌어졌던 옥포항에는 대우조선의 해상크레인과 대형선박들로 가득하다.

옥포항

해안 산책길

역사는 기록으로 살아있고, 우리는 그 역사 위에서 현재를 살아가고 있음이다.

이정표를 따라 내딛는 걸음마다 바다가 따라온다. 조곤조곤 말을 걸기도 하고, 바람이 부는 방향을 따라 짭조름한 갯내로 보폭을 맞추기도 한다. 세상의 모든 소리는 하나의 소리가 되고, 머릿속의 복잡한 생각들은 하나둘 사라진다.

해안산책길이 끝나는 즈음에 쉼터가 나온다. 특이한 이정표가 눈에 들어온다. 세계 주요 도시까지의 거리를 알려주는 이정표다. 미국 뉴욕까지는 11,315km, 모스크바까지는 6,949km 등 세계 여러 나라의 거리가 표기되어 있어 이채롭다. 나로선 전혀 가늠이 되지 않는 거리지만 상상해보는 것만으로도 즐거움을 준다. 거제도가 우리나라에서 외국인이 많이 사는 곳 중 하나라더니 그들을 위한 배려일 수도 있겠다. 이유야 어쨌든 지나는 사람들이 너도나도 그것을 배경으로 사진을 찍는 걸 보니 존재 가치는 충분한 셈이다.

시간도 잊게 하는 숲길

철 계단을 올라 숲으로 들어선다. 두 사람이 마주 비켜가기에 넉넉한 오솔길이 길게 이어져 있다. 목청 맑은 새들이 마중을 나온 듯 소리가 높다. 걷는 내내 귀가 즐겁다. 솔숲이 만드는 그늘과 흐르는 바람이 있어 발걸음도 가볍다. 온전한 숲길이었다가 문득 숲을 밀어내고 바다가 다가오기도 한다. 작은 소리 하나, 문득 스치는 풍경 하나에도 두 귀가 열리고 발걸음이 머문다. 여기가 어딘가. 지나온 길을, 나아가야 할 길을 잠시 잊는다. 숲 바깥의 세상이 아득하다.

숲을 벗어나자 바다가 보인다. 바다 가까이 대 여섯 채의 집이 길게 어깨동무를 하고 있다. 시나브로 걷다 보니 어느새 팔랑포 마을이다. 낮은 담장 위로 앞다퉈 고개를 내민 장미가 유난히 붉다. 대문 앞에는 손질하다가 만 어구들이 쌓여있다. 바다를 마주하고 앉은 팔랑포 마을은 오수(午睡)에 빠진 듯 고요하다. 초여름의 따가운 햇살도 조는 듯 부드럽다. 마을길은 텅 비어있고, 간간이 자갈밭을 다녀가는 파도

팔랑포마을 전경

의 조심스러운 기척만 느껴지는 고요함이다. 평화롭다는 말이 더 어울리는 고즈넉함이다. 자갈밭으로 내려가 두 다리를 뻗고 앉는다. 한나절 햇볕에 달궈진 자갈이 맞춤하게 뜨겁다. 드러눕고 싶은 유혹과 싸운다. 시간의 흐름도 잊고, 생각도 멈춘 채 며칠쯤 머무르다 보면 저런 고요가, 평화로움이 내 것이 될 수도 있을까. 생각만으로도 기분 좋은 나른함이 몸을 휘감는다.

팔랑포 마을을 지나 다시 숲길로 올라서자 불쑥, 작은 마을이 눈앞에 나타난다. 사람은 보이지 않고 마을을 돌아나가는 길섶이며 담장마다 수국이, 능소화가 흐드러지게 피었다. 비밀의 정원인가, 혼잣말을 뇌이며 마을을 빠져나오자 옥포대첩기념공원을 가리키는 이정표가 보인다.

옥포대첩기념공원은 옥포해전의 승리를 기념하기 위해 1996년에 개원했다. 전시관에는 이순신 장군의 유품과 옥포해전 당시의 해전도 등

편백숲길

　장군과 관련된 유물들을 전시하고 있다. 매년 6월이면 거제시의 대표적인 축제 중 하나인 옥포대첩기념제전행사가 공원 일대에서 열린다.
　기념관 뒤쪽으로 가 옥포루에 오른다. 옥포항과 대우조선소가 한눈에 내려다보인다. 크고 작은 굉음들이 들려온다. 신기하게도 전혀 소음처럼 들리지 않는다. 불황을 이기고 쉼 없이 펌프질하는 경제의 심장박동 소리처럼 들려 오히려 반갑기까지 하다. 조선경기의 불황으로 거제 경제 역시 최악의 상황이라고 한다. 그걸 알기에 생산이 이뤄지는 현장의 소리가 소음이 될 수 없는 것이다. IMF 외환위기 때에도 거제도는 불황이 비켜갔던 곳이 아닌가. '신에겐 아직 12척의 배가 남아 있사옵니다' 나를 옥포항으로 오게 한 영화의 장면들이 바다 위로 오버랩 된다. 큰 어려움을 이겨내면 그보다 더 큰 지혜가 남는 법. 옥포해전의 승전보가 머잖아 또다시 거제바다에 울려 퍼질 것을 믿는다.
　다시 숲길이다. 한적한 숲길이 계속 이어진다. 수많은 발자국들이 만들어 놓은 숲길은 곡선에서 직선으로 다시 곡선으로 이어진다. 고만

팔랑포 마을 전경

고만한 오르막에서 완만한 내리막으로, 잡목과 소나무가 어우러진 숲이었다가 곧게 뻗은 편백나무 숲이 되기도 한다. 낮게 흐르는 바람과 간간이 들리는 새소리와 숲이 선물하는 피톤치드에 몸과 마음이 편안해진다. 느릿느릿 느린 걸음으로 무엇에도 구애받지 않고 사색하며 걷기엔 더없이 좋다. 여기가 어디든 어디를 가야 하든, 남아 있는 길이 얼마이든 그런 건 문제가 되지 않는다. 길이 이끄는 대로 그저 따라가는 순간순간이 행복하다. 마주치는 낯선 이들과 나누는 짧은 인사, 벤치에 앉아 바라보는 멀고 가까운 풍경들, 목젖을 타고 흐르는 한 모금의 물도 행복이 되고 즐거움이 된다. 내 마음이 만족하는 그 순간이 바로 행복이라 하지 않던가. 지금이 딱 그렇다.

시간도 잊게 하는 숲길을 시나브로 걷다 보니 덕포해수욕장이다. 숲길을 지나서 만나는 온전한 바다 풍경이 새롭다. 고운 모래와 오랜 세월 뿌리내린 노송이 숲으로 우거져 있다. 빼어난 풍광과 더불어 물이 맑고 파도가 잔잔해 가족해수욕장으로 맞춤한 장소다. 굳이 해수욕을 하지 않아도 좋다. 바라보는 풍광만으로도 충분히 휴식이 될 수 있는 곳이다.

덕포해수욕장에서 김영삼 전 대통령 생가까지 가는 길은, 지금까지

옥포해전의 장군들을 만나는 쉼터

와는 사뭇 다르다. 자동차들이 달리는 도로를 따라 이동하는 구간이라 주의를 기울여야 한다. 걷는 내내 바다가 따라오며 길동무가 되어주니 심심치 않다. 가로수는 온통 동백이다. 이어진 길을 따라 곧장 앞으로 나아가기만 하면 된다. 도로를 사이에 두고 왼쪽으로 김영삼 전 대통령의 생가와 기념관이 있다. 오른쪽으로 열려있는 바다는 우리나라 최대 대구 산지로 유명한 외포항이다. 매년 12월이면 거제시의 겨울 축제 중 하나인 대구축제가 열리는 곳이기도 하다.

길의 들머리에서부터 마지막 목적지에 이르는 동안 쉼터가 여럿 있다. 포토존이라 이름 붙여도 좋을 만한 위치에 자리한다. 쉼터마다 이순신 장군을 비롯해 옥포해전에 출전한 명장들의 이야기를 안내판을 통해 들려주고 있다. 누구나 알고 있는 이순신 장군도 있지만, 알려지지 않은 명장들이 더 많다. 해안 산책로에서, 숲길에서 역사를 만나는 경우는 흔치 않다. 그래서 더 흥미롭게 다가갈 수 있는지도 모른다. 흐르는 땀을 닦느라 멈춰선 자리에서, 멋진 풍광에 반해 잠시 걸음을 멈춘 자리에서 역사 속 인물들을 만나는 일이 어찌 즐겁지 않으랴.

하루쯤 답답한 현실을 슬쩍 밀쳐두고, 이순신 장군의 이름으로 명명된 이 길을 그저 걸어 볼 일이다.

김정희

# 수채화를 그리다

— 지심도에서

문득 생각났다. 지금쯤 지심도에는 동백이 지천으로 피어있을 것이다. 그뿐 아니라 그물에 건져진 치열한 삶을 연상하게 하는 섬이다. 원색의 옷차림들로 왁지글거리는 매표소는 이미 표가 매진된 상태다. 다행히 사전에 예약했기에 배에 오를 수 있을 정도로 예전이나 지금이나 지심도를 찾는 사람들은 끊이지 않고 있다.

25년 전 그때는 남편과 함께 연년생 두 아이 등 온 가족이 함께 찾은 지심도였지만 오늘은 혼자서 지심도행 배를 탄다. 부유하는 듯 점점이 멀어지는 배는 부두를 멀리하고 거제도의 작은 산중의 하나인 지심도를 향한다.

섬에 발을 내딛는 순간 불어오는 해풍 속에 예전의 추억이 어제처럼 그려진다. 그 당시 소형 어선을 개조해서 만든 발동선을 타고 지심도에 첫발을 내딛자 깎아지른 절벽 아래 포말을 일으키며 시퍼렇게 부서

지는 파도는 아찔한 현기증과 함께 절박감마저 감돌았던 기억이 선명하다.

그때의 그 분교를 찾아가는 길인 언덕길을 오르니 동백림의 숲길이 펼쳐진다. 이미 만개한 동백은 한 치의 미련도 없이 뚝뚝 떨어지고 있었다. 군데군데 떨어져 있는 동백꽃을 손바닥에 올려 보았다. 한창 만개의 순간 미련 없이 자리를 비워주는 모습이다. 머물 때와 떠날 때를 구별 못 하고 권력에 연연하는 이 세상에 던지는 붉디붉은 봄의 메시지로 받아들여지기나 할까?

동백 숲을 지나니 하늘로 쭉쭉 뻗어 가는 대나무 숲이 나타나고 숲길이 끝나자 전망대가 나타난다. 미리 도착한 사람들은 지심도 바다를 내려다보며 감탄을 자아낸다. 말 그대로 한 폭의 수채화다.

전망대를 돌아서 언덕길을 오르니 25년 전 그 추억의 분교가 나타

났다. 그곳에는 만개한 동백꽃과 벚꽃이 절정을 이루고 있었다. 운동장 가장자리에 있었던 동백을 찾아보았다. 예전의 그 동백이 그 자리에서 양팔로 가까스로 싸안을 정도의 거목으로 자라있었다. 거목은 오랜 영욕의 세월을 말없이 보듬은 채 수백 개의 꽃봉오리를 터뜨리고 있었다. 그리고 예전에 보지 못했던 벚꽃들이 불어오는 미풍에 하염없이 꽃잎을 흩날리고 있었다. 그러고 보니 변하지 않은 것은 거목이 된 동백뿐 분교 운동장의 모습도 많이 변해 있었다.

그 당시 초미니 분교에서 꿈나무들을 가르치며 가지를 다듬었을 벽지 교사의 결 고운 정회는 온데간데없고 대신 관광객들의 시끌벅적한 소리만 내 귀를 울린다. 아이들의 모습이 사라진 학교는 폐교로 형태만이 존재할 뿐이었다.

운동장을 한 바퀴 둘러보다가 문득 흔적도 없는 땅으로 변해버린 운

동장 한쪽에 앙증스러운 미니 연못의 기억을 쫓았다. 자연 시간의 실습 장이기도 했을 붕어 서너 마리가 한가로이 노닐고 있었던 그 연못을.

사위를 둘러싼 바다가 삶 그 자체인 섬 아이들과 선생님이 바다에서 주웠을 조개며 소라를 한 개씩 퐁당퐁당 던져 넣고 만들었을 사제간의 정감넘치던 소담스런 자연 못도 이제는 내 추억 속의 연못으로 남게 되었다.

섬 특유의 붉은색을 띤 운동장 한쪽에는 옹니 박힌 나무의자가 동백 림을 차양으로 서너 개 놓여 있었다. 그 의자에 앉으니 약간의 피로가 저절로 풀리며 지심도의 훈풍 속에 아련한 추억 속으로 빠져들었다.

25년 전 두 아이의 모습이 떠오른다. 두 살 세 살 연년생 두 아이 는 위험 물질이 전혀 없는 촉감 좋은 맨 땅 위를 뒤뚱거리며 즐거워했 었다. 큰 바구니 한가득 장난감엔 이내 싫증을 내면서 지심도의 흙바

닥 위에선 좀체 싫증을 낼 줄 몰랐다. 여고시절 손을 데었을 때 어머니께서는 연탄재와 흙을 섞어서 그 부위에 바른 후 가제로 처매 주시며 곧 화기가 빠진다고 했을 때 난 엉터리 요법이라고 앙탈을 부렸었다. 그런데 신기한 일이었다. 손의 화끈한 쓰라림이 이내 가시고 다음 날 풀어보면 나아가고 있음을 확인할 수 있었으니……. 그래서 어머니의 그 처방 아닌 의식에 사뭇 감동으로 숙연했던 기억이 되살아났다.

흙의 꿋꿋함에 감염되어 치유되길 빌었을 그 신성한 모성애. 늘 접하는 아파트 생활이란 게 땅이라곤 놀이터의 모래뿐인데, 그곳은 생명력을 잉태하지 못하는 불임의 체질이 아닌가? 어머니께서 나에게 전수하신 흙의 생산성이 대물림됨으로써 이 섬의 질박함이 내 아이에게로 옮아 붙기를 기원하였었다.

분교 뒤쪽으로 내려가니 허술한 슬레이트 관사였을 마당에는 땅속으로 연결된 고무호스를 타고 옥수(玉水)가 옹달물통에 철철 넘치고 있

었다. 마음의 청신함을 위하여 한 모금 들이켰다. 그때 '또르르 또르르' 풀숲에서 들려오는 청아한 음색의 새 소리는 섬 전체를 팔색조의 신비로움에 휩싸이게 하였다.

25년의 세월이 흐른 지금 어엿한 한 집안의 가장이 된 아들은 어린 시절 지심도의 추억을 알기나 할까. 저의 둥지로 떠난 아들에 대한 허전함을 달래보고 싶어 찾은 지심도행이었다. 더불어 25년 전 어머니의 마음처럼 위험물질이 전혀 없는 지심도의 땅처럼 지켜주며 키워낸 아들이 언제나 꿋꿋하게 세상을 살아가길 염원해 보았다.

오염 없는 원시적인 형상 그대로를 간직한 25년 전 지심도의 추억 책갈피를 덮으며 세상의 아들들이 삶을 살아가는 데 있어서 범상함 속에 이타적이길 바라며 수평선 물마루 위로 멀어져 가는 섬을 뒤로 하였다.

김종원

# 추풍(秋風)도 울고 가는 칠천도

팔을 뻗으면 닿을 듯 말듯 점점이 섬들이 바다를 이고 있다. 섬과 섬 사이 서녘 하늘엔 닭벼슬 같은 장엄한 노을이 임진왜란 그날을 다시 불러오듯 붉게 타오른다. 칠천도는 섬과 육지를 잇는 연륙교가 놓이면서부터 섬이 아니라 육지로 변모하고 있다. 걸어서 가도 바로 닿을 수 있는 육지가 된 셈이다.

칠천도 해안길을 따라 올라가면 칠천량 해전전시관이 보인다. 여기에는 섬사람들의 애환이 그대로 묻어난다. 칠천량 해전전시관은 임진 왜란 격전지 칠천만이 한눈에 들어오는 언덕배기에 있다. 이는 치욕의 그날을 되새길 수 있는 곳이어서 씁쓸한 마음마저 감돈다. 접근성과 주변경관이 수려해 관광지로 유명한 칠천도는 아픈 역사의 산 현장이어서 한 번씩 찾는다.

칠천도에 가면 칠천만에 묻힌 한 서린 장군들과 수병들의 이야기가

떠오른다. 가슴 한 쪽에 거북선 잔해가 인양되어 칠천량 해전전시관에 전시되었으면 하는 바람도 있다. 오늘도 칠천도 바다는 왜군에 패한 그때를 아는지 모르는지 말이 없다. 유구한 역사만 자랑하면서 밀려오고 밀려갈 뿐이다. 해수욕장을 끼고 있는 숲 속에는 가을임을 알리듯 매미 소리가 잦아진다. 노을을 배경으로 해안길을 천천히 따라 걷는다. 조선 수군 1만, 거북선 3천, 판옥선 이백여 척이 괴멸된 역사의 발자취를 더듬어보고 싶어서다.

가을 향기 짙어가는 칠천량 해안엔 추풍도 괭이갈매기도 수군들의 혼백인 양 울고 있다. 영화 〈명량〉에서 이순신 장군은 "신에게는 아직 열두 척의 배가 남아 있습니다."라고 했다. 그렇지만 칠천만에서 승산 없는 전쟁에 위기를 예감한 배설장군은 12척의 배와 부하를 데리고 견내량을 빠져 몰래 탈영을 감행한 것이다. 역사적 아이러니가 아닐 수

없다. 그리하여 조선 수군이 육군에 편입되지 않는 계기가 되었으니, 한편으로는 다행한 일이다.

예나 지금이나 전쟁 중에 탈영은 역적에 준하는 중죄자로 분류된다. 이를 알면서도 탈영을 감수한 배설장군의 심정은 오죽했으랴. 그렇지만 이로 인해 명량대첩이 승첩으로 이어졌으니, 충신이 따로 없는 것이다.

해안을 따라 걸으면서 나는 의문을 풀지 못한 이야기는 사백오십여 년 전의 원혼들에게 물어보았다. 그러나 그 누구도 알려주지 않았다. 칠천량 해전이 실록이라는 사실밖에 알지 못한 것이다. 다만 실록(實錄)에서 전하는 이야기를 통해 가까스로 짐작할 수 있을 뿐이다.

아쉬운 나머지 나는 칠천도 앞바다를 바라보면서 불현듯 스치는 생각으로 한참동안 혼잣말로 되뇌었다. '최고 지휘관 우수사 원균 장군

은 그때까지만 해도 봉쇄되지 않았던 견내량을 빠져나왔을 것이다. 다른 섬이나 한산도에서 야영을 했더라면 좋았을 터였다. 이렇게 시간을 벌었다면, 크고 작은 패전을 설욕하는 계기로 삼아 권토중래를 꾀했을 수 있다. 선조임금은 육전장수를 해군제독으로 임명을 한 적이 있다. 손자병법에 의하면, 능력있는 장군은 군주가 간섭을 하지 않으면 이긴다고 한다. 임금이 이를 귀담아듣지 않았던 모양이다. 현장 상황도 제대로 모르는 군주는 조급한 마음으로 무조건 나아가 치라고 명령했다. 이때 무능한 장수는 나라의 흥망을 좌우하는 위기에서 무조건 군주의 말을 듣고 결행함에 따라 돌이킬 수 없는 손실을 초래했다.'

당시엔 전세를 역전시킬 수 없는 상황이었다. 그런데도 이를 지휘하던 장군은 끝까지 항전하지 않았던 것이다. 그리하여 많은 군선과 병사들과 함께 전사한 충청수사 최호, 전라우수사 이억기와는 운명을 달리했다. 야사에 의하면, 그는 외아들과 함께 살기 위해 연화산으로 도망치다 왜군에게 목이 잘리는 욕된 죽음을 보였다.

이는 아픈 역사의 뿌리가 보여주는 단면일 것이다. 여기서 패장 또한 그럴 수밖에 없었던 사정이 있었을 줄로 안다. 난중일기처럼 남겨진 기록이 없으니 그 사정을 알 수가 없다. 그렇지만 나는 이러한 아픈 역사적 사실을 돌이키지 않을 수 없다. 패전이라는 오욕을 안고서도 여전히 말이 없는 칠천도가 너무 아름답기 때문이다.

답답한 마음으로 나는 탁주를 잔에다 가득 붓는다. 그리고 그날의 애통한 원혼들께 올리는 마음으로 칠천도 앞바다에 뿌린다. 우리에게 역사는 무엇이고, 낱낱이 새겨놓은 비문(碑文)은 또 무엇인가. 분명한 것은 역사적 과오는 한 번만으로도 족하다는 사실이다.

김희태

# 칠천도에는 정든 마을, 정든 사람 있었네

하청면에서 태어난 나는 한 번도 고향을 떠난 적이 없다. 칠천도 땅 언저리에서 학창시절은 물론 직장생활까지 하면서 정든 친구들을 만나고 있다. 그러므로 마음이 무거울 때면 어김없이 칠천도로 간다. 약 15km로 이어지는 섬을 한 바퀴 돌아보면서 마음을 내려놓고 싶어서다. 짧은 거리는 아니지만 평화로운 풍경과 함께 쉬엄쉬엄 걷다보면 느림의 미학을 맛보기엔 더없이 좋은 곳이다.

칠천도는 거제도에 속한 유인도 10개 섬 중에 가장 큰 섬으로 옥녀봉을 중심으로 사방으로 마을로 형성되어 있다. 이런 이유로 사람들은 옥계(옥녀 비녀등), 금곡(옥녀가 거문고를 타고 놀던 마을)마을처럼 이름을 옥녀봉과 관련짓는가 하며, '칠천도에 옥녀봉이 있어 처녀들이 드세고 목소리도 크다'라는 이야기처럼 옥녀봉과 관련짓기도 한다. 옥녀봉은 하늘에 있는 옥황상제의 딸이 죄를 짓고 땅에 내려와 옥녀봉으로 변

칠천도 장곶마을

했다고 전설이 있다. 이때 옥녀봉은 대체로 사방 어느 한 곳에는 골이 깊어서 마치 여인의 음부 모양으로 비유된다. 비단 칠천 뿐만 아니라 전국 수백 개의 옥녀봉을 가진 마을들은 거의 비슷한 이야기로 전해지고 있다.

'칠천도 처녀들은 시집갈 때까지 쌀 세 말을 먹지 못하고 간다'라는 옛말이 전해질 정도로 논보다 밭이 많은 섬이다. 그러나 이곳 황토밭에서 나는 고구마와 무, 배추, 시금치 등은 품질이 좋아 논농사보다도 훨씬 수입이 좋고, 바다가 육지로 깊숙이 들어선 만(灣)이 발달해 해산물이 풍부하다. 따라서 굴, 홍합 등 어패류 양식으로 소득이 향상되어 육지 어느 곳보다도 부자 마을로 알려진다.

칠천도 장곶 마을 입구에서 옥녀봉 아래쪽까지 북동쪽으로 휘어져 들어가 있는 널찍하게 펼쳐진 골짜기엔 '방목정이(방목장)'이 있다. 여기는 조선시대 때 검은 소를 키우는 곳으로 칠천이라는 이름의 배경이 된 곳이다. 거제부읍지에 따르면 소 방목의 모습이 옻칠(漆)과 같고 그 소 떼의 식수원인 7개의 소하천을 상징해 칠천(漆川)이라 했다.

일본 강점기에 일곱 칠七로 표기하면서 지금의 칠천(七川)으로 불리는 칠천도는 어온리의 장곶 · 어온 · 물안마을과 대곡리의 대곡 · 송포 · 황덕마을, 연구리의 연구 · 곡촌 · 금곡 · 옥계마을 등 3개리 10개 마을로 이루어져 있다. 장안(長岸) 마을이라고도 부르는 칠천도 관문격인 장곶(長串) 마을은 연륙교가 가설되기 전에 칠천도 사람들이 뭍으로 나오는 유일한 통로였다. 마을이 생긴 유래는 정확히 알 수 없으나 장곶의 곶(串)은 해안지역에서 주로 나타내는 의미로 바다로 돌출한 땅을 말한다. 따라서 장안은 길게 바다 쪽으로 나온 마을이란 뜻으로 하청면 실전리에서 배를 타고 들어오면 가장 먼저 반겨 주는 땅이다.

장곶 마을에서 오른쪽으로 고개를 넘어서면 어온개라고도 부르는 어온(於溫) 마을이 있다. 옥녀봉을 서남쪽으로 등지고 양지발라 따뜻한 마을(於溫)이라 하여 어온이라 한다. 어온 마을에서 도로를 따라가면 갈림길이 있는데 왼편으로 넘어가는 대곡 길과 오른편 아래로 내려가는 물안 길이 있다. 물 안쪽의 갯마을이란 뜻의 물안 마을은 산으로 감싼 듯 움푹한 곳에 자리 잡아 독특한 지명이 많다. 물안 뒷산은 생김새가 여인이 베틀에서 베를 짜는 형상이라고 '베틀 산'이라 부르고 오른쪽 바닷가에 있는 산 능선을 무슨 연유인지 몰라도 '자질개'라 부르는데 그 너머 옆 개에 물안 해수욕장(옆개해수욕장)이 있어, 조용하고 수면이 평평하여 가족 단위로 수영하기에 좋은 해수욕장이다.

어온마을에서 왼편으로 넘어가는 길을 따라가면 대곡마을을 만난다. 옥녀봉 서북단 협곡에 자리 잡고 있는 대곡마을은 '크고 결실이 있는 마을'이라 하여 한실이라고 부른다. 이곳 역시 일본 강점기에 칠천도에서 제일 큰 마을이라 하여 대곡(大谷)이라 불린다. 큰 마을이라 여러 마을로 나뉘어져 있다. 송포로 가는 삼거리 길을 중심으로 하여 상촌(웃마을)이라 하고 황덕과 마주한 나루터는 고다리마을이라 한다. 본 부락은 안골 마을과 부둣가 아랫물을 말한다. 길이 나기 전에는 어온에서 넘어오는 고개를 탑이 있어 '탑재고개', 감나무가 있었다고 '감나무고개'라 불렀다. 친구와 같이 이 고개를 넘어 친구 집에 갔던 기억이 난다.

이 세상에는 고향으로 끊임없이 돌아가려는 사람과 고향에는 돌아가지 않겠다고 하는 사람이 있다. 양쪽을 구분 짓는 기준은 쉽게 정하기가 어렵지만, 고개를 같이 넘었던 친구는 가감하게 고향을 찾아 대곡에 돌아와 정착하고 있다. 노년에 고향 품에 안긴 친구의 모습이 마냥 행복해 보인다.

대곡 마을 입구 오른쪽 길에서 야트막한 언덕을 넘어가면 산이 양쪽으로 길게 뻗어 나와 협곡을 이루는 곳에 송포 마을이 있다. 송포의 본래 이름은 솔개다. 솔 송(松)자를 사용하여 솔개라 하던 것을 한문으로 옮겨 송포(松浦)라 한다. 마주 보는 곳에는 '수틀뱅이섬'이 있다. 물이 나면 바닥이 들어나 다닐 수 있게 되는데, 이 연결 부분을 여수 돌살목처럼 '돌살목' 혹은 '수틀뱅이목'이라 했다. 이곳에 살았던 친구와 나는 물때를 모르고 무작정 물 나기를 기다리다가 건너지 못해 그대로 물에 잠길 뻔한 적이 있었는데, 생각만 해도 아찔한 느낌이다.

대곡 마을을 지나 연구 마을 가는 길에 훤히 보이는 섬마을이 황덕

다리가 놓인 황덕도

도이다. 한려수도 뱃길에서 보면 군함같이 보이고 칠천도에서 보면 큰 고래가 떠 있는 모습이다. 지금은 솔이 우거진 세 개의 봉우리로 꾸며 진 멋진 섬이지만 나무를 땔감으로 할 때는 섬에 나무가 없어 멀리서 보면 누른 황토 땅만 보여 '누른디기섬'(누른섬)이라 불린다. 대곡 마을 고다리 끝에서 황덕까지 도선을 운행하다 2015년 10월 18일에 연육교 가 준공되었으나 '통행금지'라는 푯말이 보수 중임을 알린다.

'황덕도 도지사'라고 항상 떠벌리던 형이 생각난다. 6 · 25 전쟁 무 렵 부산으로 내려온 연희전문대학교(현 연세대학교)를 졸업하고 교직에 서 만난 덩치 크고 호방한 사람으로 퇴직 후에도 이곳에 살면서 칠천 도 발전협의회 회장을 맡아 봉사했다. 박봉에 시달리면서도 언제나 당 당하게 베풀고, 후배를 아껴주는 멋진 형이었다.

대곡 마을을 지나 한참 걸어가면 옥녀봉 자락이 서쪽 바다로 내려와서 냉질산이 되어 마을을 감싸고 있다. 그 모양이 거북이가 연꽃을 물고 있는 형상이라 하여 연구(蓮龜)란 이름의 마을이 있다. 이 마을 본래 이름은 칠천도 관문인 장곶의 뒷마을이라고 해서 '드뫼실'이라 부르다가 연구로 개명했다. 연구마을 앞 바다에는 '고양이 귀 같은 섬', 괭이섬이 있어 괭이바다로 불린다. 이곳 친구와 함께 학교를 다녔던 하청중학교 교가 첫머리에 '괭이바다'가 생각나 모처럼 소리 높여 불러보기도 한다.

> 앞으로 괭이바다 뒤로는 앵산/ 대지에 아로새긴 뫼와 물줄기
> 곳마다 그림인데 여기 당뒤에/ 갸륵한 뜻이 엉겨 이룩한 학사
> 사해에 빛나도다 장엄한 모습 / 우리학교 앞길에 영광 있으라

중학교 때 교가를 함께 부르던 이곳 친구는 연구 앞바다에서 패류 양식장을 하고 있다. 6ha 큰 바다 면적에 굴과, 홍합, 미더덕 등을 양식하여 알차게 수입을 올리고, 각종 모임에 적극적이며 긍정적으로 삶을 바라보는 성격이다. 사업가답지 않게 틈나면 여행도 자주하여 친구와 둘이서 떠난 중국 장가계 여행이 오랫동안 기억에 남아있다.

연구 마을에서 잠시 걸어가면 옥녀봉을 뒤로 하고 남서쪽에 자리 잡고 있는 좁은 골에 있는 마을이 있다. '골에'란 이름으로 불리다가 한문으로 발음하여 곡촌(谷村)이라 부른다. 해안 도로 위쪽에 자리 잡고 있는 마을이라 도로가 생기기 전에 이곳을 지나 장곶으로 가는 산길이 유일한 통로인 것이다. 현재 20여 호가 살고 있는 칠천도에서 제일 작은 마을이다

씨렁섬과 북섬

섬을 돌아 옥녀가 거문고를 타고 놀던 마을이라고 거문고등 마을－
거무실－고무실로 변음 되었다고 하는 금곡 마을에 도착했다. 1942년
행정구역 개편 때 거문고 금(琴)자에 골곡(谷)자로 하여 금곡(琴谷)이라
부르게 되었다는 이 마을에 칠천도 유일의 초등학교가 있다. 옥녀봉이
북풍을 막아주고 꽃바구미등이 남쪽 바닷가에서 마을을 옹위하고 있
어서 바람이 닿지 않는 따뜻한 마을이다. 이런 지리적인 조건을 간파
한 일본은 한일합방 후에 권현망을 설치하는 등 어장을 크게 벌여 일
본인들이 많이 살았다고 한다.

금곡마을의 서남쪽으로 뻗은 반도 형태의 등성이 마을을 '각시골'이
라 하고 '각시골'에서 서북쪽으로 등지고 있는 뒷산을 '화정산'이라 부
른다. 진달래가 만발하다고 '꽃밭꾸미' 또는 '화전꿈'이라고도 부른다.
화전산 아래에는 하청 와항에서 특별히 멋지게 보이는 '대문도아구지'

용과 매미의 전설이 있는 매암섬

가 가슴을 시원하게 한다.

　금곡 마을에서 해안로를 따라 잠시 걸어가면 칠천출장소가 있는 옥계(玉笄) 마을을 만난다. 옥녀의 머리에 꽂는 비녀가 마을 동쪽 바닷가로 내려와 이어지는 형상인데 이등을 '옥녀비녀등'이라 부른다. 옥계란 '옥녀'의 옥玉자와 비녀계(笄)자를 따서 불렀다고 한다.

　옥계 마을 바다에 북같이 생긴 '북섬'과 거문고같이 생긴 '씨렁섬"이 있는데 이 역시 옥녀봉과 관련된 전설이 전해진다. 하늘에서 내려온 옥녀는 세월을 보내기 위해 거문고를 타며 노래를 불렀고, 용왕신은 북을 치며 함께 즐겼는데, 이때 옥녀의 거문고 소리가 '씨렁-씨렁' 소리를 낸다 하여 '씨렁섬'이 되었으며 용신이 북을 쳤다고 하여 '북섬'이 되었다고 전해진다.

　이 마을에서 바닷가 쪽으로 '오토캠핑장이' 있고 바로 위에 '칠천량

칠천량 중심지

해전공원 전시관'이 있다. 이곳에는 정유재란 당시의 '칠천량해전'에 대한 기록이 담긴 공원이다. 대부분의 기념관은 승리와 공적 일색인데 반하여 참담한 패배의 장소이지만, 아낌없이 아픔을 보여주고 후세들에게 교훈의 자료로서 의미가 크다. 이곳 전망대에서 칠천량을 바라보면 당시의 상황을 이해하는 데 도움이 된다.

옥계에서 장안으로 넘어가는 목인 '몰랑등이'를 지나 다시 장곶마을로 들어갔다. 장곶마을 앞바다에는 작은 여(礖)와 등대가 있다. 이 작은 여를 섬사람들은 '용의치'라고 부르고 등대가 있는 큰 여를 '매미섬'이라 불렀다. 아주 먼 옛날 천 년 된 용과 매미가 바다에서 하늘로 승천하기 위해 싸움이 벌어졌다. 이 광경을 지켜본 마을 사람들이 기겁을 하여 방문을 잠그고 벌벌 떨었다. 싸움이 여러 날 지속되자 한 여인이 부둣가에 나가 고래고래 고함을 질렀다. 그때 부정을 탄 용과 매미가 승천을 하지 못하고 바다에 떨어져 섬이 되었다고 한다. 그 여인은 그 자리에서 돌부처로 변했고 하늘로 올라가지 못한 용과 매미는, 그 한을 풀지 못해 날씨가 흐린 날이면 바다 위에 회오리바람을 일으키고 산더미 같은 파도를 일으킨다는 전설이 있다.

두 개의 아주 작은 섬이 잘 보이는 콘크리트 제방에 걸터앉아 전에도 수없이 보았던 그 바다 부근을 뚫어질 듯이 바라보고 있으니, 등대도 작은 섬도, 바다도 마치 안갯속에 묻히는 것 같았다. 그렇듯이 내 의식 속에서 조금씩 현실감을 상실해 가더니 그 속에 한 얼굴이 떠올랐다. 이 동네에 살았던 친구의 얼굴이다.

그는 술만 마시면 나에게 철학적인 질문을 하곤 했다. "왜 사느냐"는 질문을 귀찮을 정도로 많이 했다. 그러던 어느 날 술값 문제로 서로 크게 다툰 후 나에게 철학적인 질문을 하지 않았다. 졸렬한 사람에게 물어봐야 허탕이라 생각했던 모양이다. 그런 그에게 국화 화분을 선물한 적도 있다. 그러나 다시는 그를 만날 수가 없다. 이 세상 사람이 아닌 것이다. 그의 고향집을 향해 "왜 죽었느냐"고 반문하지만 대답이 없다.

무심결에 섬을 한 바퀴 돌아보니, 다시 원점이다. 다시 또 길을 떠나야 한다. 그래야만 나는 정든 마을, 정든 사람들을 만날 수가 있다.

# 바람의 언덕을 지키는 무덤 앞에서

## — 사랑의 역설

여름방학 중에 야마구치현 시모노세키시의 중등교육학교에서 영어를 가르치고 있는 오카모토 선생이 다녀갔다. 거제를 보고 싶다고 하길래 방학 중에 다녀가시면 좋겠다고 말한 것이 생각보다 일찍 진행되었다. 오카모토 선생에게 거제의 어디를 가고 싶으냐고 물었더니 두말하지 않고 '바람의 언덕'이라고 하는 것이다.

이유는 길을 따라 걸으면서 풀어볼까 한다.

거제시 남부면 갈곶리 14-47에 위치한 이곳 바람의 언덕은 도장포 마을이 낳은 아름다운 언덕이다. 이곳은 탁 트인 바다가 한눈에 들어오며, 겨울이면 정말 이름 그대로 된바람이 매섭기도 하다. 원래의 지명은 '띠밭늘' 또는 '망릉잔디밭등'으로 불린 곳이다. '바람의 언덕'이라는 멋진 이름은 거제의 에코투어 대표인 김영춘씨가 맨 처음 지어 부른 것으로 알려져 있고, 거제시청 공무원 반동식씨의 탁월한 문화예술

풍차와 무덤이 보이는 바람의 언덕

적 안목으로 거제의 명소가 된 것이라고 할 수 있다. 지명이 바뀌면서
부터 조금 과장하자면 대한민국의 어지간한 연인들은 죄다 다녀간다
는 명소가 되었다. 풍차를 뒤로하여 바라보는 거제의 바다는 한없이
고즈넉하며 때로는 외롭고 때로는 거칠다.

바람의 언덕은 대강 다섯 갈래의 길로 만날 수 있다.

우선 자가용을 이용하려면 신선대 맞은편에서 우회전을 하여 도장
포 마을로 아슬아슬하게 내려가면 된다. 대략 1~2분이다. 고현에서
출발한다면 30여 분이 소요된다. 그리고 걷기를 즐긴다면 마을을 아
래에 두고 윗길로, 즉 동백숲과 건축사무소가 있는 곳으로 걸어갈 수
도 있다. 마을 입구에서 동백숲 방향을 걸어가는 데는 천천히 바람 따

라 10여 분이다. 걷는 동안 심심찮은 볼거리와 먹거리가 바람 못지 않게 정겹다. 마을 옥상에서 바람과 동백숲에 빠져있는 사람들을 매혹적인 포즈로 유혹하는 달마시안 한 마리가 눈에 띈다. 어울리지 않는 어울림이라고나 할까 ? 건축사무소와 작은 카페를 열어두고 여행객을 위해 오래된 팝송을 선사하는 주인 총각이 원두를 내리는 모습도 눈이 들어온다. 주차하기가 곤란하여 제법 먼 길가에 불법주차를 해 두고 마을 쪽으로 걸어오다가 보면 곧장 마을 심장으로 들어서는 샛길이 하나 있다. 이 길로 미끄러지듯 내려오면 도장포 교회가 마을을 지키고 있다. 또한 도장포 마을의 가느다란 실핏줄을 어루만지듯 걸어가볼 수도 있는데, 나는 이 길에 마음이 가장 흔들렸다. 집을 엿보는 것은 결코 아니지만, 맨드라미가 나른하게 졸고 있는 오래된 화분과 봉숭아가 심어진 너무 작은 정원, 그리고 간혹 집을 지키듯 대문간 옆에 가지런히 놓인 장독대가 지친 마음을 어루만져준다. 먼 곳에서 손님이 왔으니 내가 좋아하는 길보다는 비교적 넓고 사람들이 많이 다니는 길을 가기로 했다. 주차장에 차를 세워 두고 계단이 놓인 곳으로 언덕을 올라가 보기로 했다. 오카모토 선생 부부와 일본의 같은 학교에서 파견교사로 근무했던 역사 선생 장○○ 교사와 영어과 강○○ 교사 이렇게 다섯 명이 마치 해외 사절단이라도 되는 듯이 언덕을 향해 걸었다. 오르다 보면 계단이 끝나는 곳에서는 두 갈래로 나뉜다. 풍차로 가는 윗길과 무덤이 있는 아랫길. 적잖이 많이 가본 곳이기도 하지만 아랫길의 끝에 위치한 허물어진 무덤에 관한 우연한 궁금증이 생겼다. 무심코 지나치는 대부분의 관광객들은 무덤 근처에서 사진을 찍기도 하고, 철없는 아이들은 무덤 위를 뛰놀며 다니지만, 도대체 저 무심한 무덤

밧줄로 경계를 지어놓은 무덤

은 누구의 무덤인가 하고 나의 호기심을 일깨우는 것이다.

　오카모토 부부가 돌아간 뒤에도 나는 여러 날을 도장포 마을을 배회하며 무덤의 주인공을 찾아 다녔다. 마을 경로당의 할머니들과 우정을 쌓을 뻔할 만큼 많은 이야기를 나누었으나 주인공을 찾을 수가 없었고, 길가에서 고동을 사서 먹으며 할머니들과 수다를 떤 적도 있었으나 매번 허탕이었다. 그러던 어느 날 소개를 여러 차례 걸쳐 받은 한 할머니로부터 드디어 중요한 단서를 찾게 되었다. 바로 학동에 사는 진씨 사람들을 찾아가 보라는 너무도 반가운 소식이었다. 이쯤에서 길을 잠시 쉬어 가자. 더위를 식히던 장○○선생이 '바람도 별로 불지도 않고, 풍차도 서양 것인데, 왜 이곳이 유명한지 도통 모르겠다' 며 잠시 불평을 늘어놓자, 옆에서 듣던 강○○선생이 '선생님, 바람의 언덕 그 이름만으로도 발길을 붙잡는 걸요.' 라며 바람의 언덕이 이름값을 톡톡히 하는 곳임을 입증해 주었다. 대동강물을 판 김선달 이후 바람을 팔아 서정을 간직하는 곳은 거제가 유일한 곳이지 싶다. 그리고서 주위를 둘러보니 온통 청춘의 피를 주체하지 못하는 남녀들로 붐비었다. 같은 공간에서 같은 설레임을 상대와 함께 느끼고 싶은 마음이리라. 아무것도 아닌 것이라고 할지라도 그와 또는 그녀와 함께라면 가치로운 것이 되는 근원은 바로 사랑의 힘이요, 그 마음을 이곳 바람의 언덕에서 확신하고 돌아가는 연인들인 것이다. 바람 한자락으로 사랑을 이어주는 도장포 마을이 잠시 위대해 보인다. 우리 일행은 오카모토 선생의 말에 귀를 기울이며, 각자의 눈과 귀로 바람의 언덕에 빠져 드는 듯했다.

오카모토 선생의 아내는 재일교포 2세로서 일본에서 제2외국어인 한국어를 가르친다고 했다. 아내의 외증조부의 고향이 거제라고 했다. 아내는 친정 부모님을 통해 일제 강점기의 외증조부의 징용생활을 들으며 성장하였으며, 외증조모의 쓸쓸한 노년을 아내는 항상 맘에 걸려 했다고 한다. 친정 부모님이 일본으로 건너오면서부터 잊고 살았던 조상의 고향 이야기를 지금의 남편인 오카모토 선생을 만난 인연으로 한국에 가보고 싶었다고 했다. 학동 진씨를 찾아가 보라는 할머니의 말씀대로 여름이 끝났는데도 끝없이 여름인 가을로 접어든 어느 날 학동 마을을 다시 찾아갔다. 여름 한 철 파라솔을 관리하던 학동 마을 사람들 몇몇 분을 만날 수 있었다. 그래 바로 이분들이다. 나는 감추고 있던 작가적 호기심이 샘솟아 이야기를 듣기도 전에 이미 지친 오후의 허기진 궁금증을 상큼한 레모네이드로 해소하는 기분이었다. 얼마나 기다려 온 이야기인가 말이다.

이야기는 지금으로부터 약 150여 년 전으로 거슬러 올라간다.

학동 마을에는 여양 진씨의 세력이 컸던 시대가 있었다. 당시 여양 진씨들은 크고 작은 관직에 종사하며 가문을 일으키고 자손을 번창시켜 나갔다. 그중 여양 진씨 가문의 22세손인 진종기 통정대부는 가문에서도 우수한 인재로 나라의 중요한 일을 돌보았다고 한다. 통정대부의 부인인 숙부인 완산 이씨 역시 현숙한 여인으로서 지아비를 섬기고 가솔을 거느리는 어진 사람이었다고 한다. 이들 부부는 살아 생전에도 당시에는 보기 드문 한 쌍의 원앙이었다고 전해진다. 세월이 흘러 통정대부가 먼저 세상을 떠나고 홀로 남은 부인은 우연히 꿈을 꾸었다고 한다. 부인의 꿈 속에서 백발의 한 노인이 부인에게 지금의 바람의 언덕을 가리키며 저곳에 살게 되리라는 말을 남기고 홀연히 사라졌다고 한다. 부인은 죽기 전 노인의 예언대로 지금의 바람의 언덕에 묻어달라는 유언을 남기고 세상을 떠났다. 당시에는 그곳이 그저 바람 많고 염소떼 방목했던 그런 곳이었는데, 주인공은 무슨 선견지명이 있었던 걸까? 당시 진씨 사람들은 그들 묘소 대부분을 학동에 있는 바우산소에 두고 있는데, 이 여인만이 하필 바람이 끊이지 않는 이 곳에 묻힌 이유가 이제야 풀린다. 학동 마을에서 'ㅇ'식당을 운영하는 진씨 가문의 29세손인 진00씨가 소장하고 있는 문헌자료와 마을 사람들 사이에 구전되는 이야기를 종합해보면, 저 바람 부는 언덕의 외로운 무덤은 부인의 무덤이었던 것이다. 남편은 집안의 관례대로 학동 바우산소에 있으니 묘하게도 바람의 언덕과는 정면으로 마주 보고 있다. 진씨 부부는 150여 년이 지난 지금도 한시도 서로를 놓지 않고 있다. 바람의 언덕 끝에서 바람이 되어 파도를 따라 해질녘 노을로 바우산을 붉게 물들이는 이들의 사랑. 세월은 가도 사랑은 남는다는 어느 시인의 오래된 시구가 떠오른다. 이곳을 오가는 수많은 연인들의 현재처럼 영원하기를…….

무덤의 주인공을 알고 나니 오카모토 선생에게 편지를 다시 써야 겠다는 생각이 들었다. 아내의 외증조부모의 쓸쓸하고 아픈 사랑과도 흡사한 사연이 거제도 바람의 언덕에도 있노라고 말이다.

계절을 막론하고 거제를 찾는 수많은 사람들은 학동해수욕장 입구 삼거리에서 너나없이 바람의 언덕으로 가는 길을 묻는다고 한다. 가게 가 바쁠 때는 참으로 성가시다고 한다. 거기 무엇이 있길래 저리도 찾 는가 싶어 하는 말인 것이다. 연인들은 쉴새 없이 사랑의 말들을 속삭 이고, 황금 같은 굳은 맹세를 언약한다. 때가 되어 또는 예고 없이 한 줌 흙으로 돌아가는 덧없는 인생살이임을 모르지 않으나 죽어서라도 인연을 놓고 싶지 않은 그 마음이 오늘은 새삼 안쓰럽다.

이별에게
그러나
아주 영 이별은 말고
어디 내생에서라도
다시 만나기로 하는 이별이게

연꽃 만나러 가는
바람이 아니라
만나고 가는 바람같이

엊그제
만나고 가는 바람이 아니라
한두 철전

만나고 가는 바람같이

- 서정주 「연꽃 만나러 가는 바람같이」 중에서

　내려오는 길에 또 한 연인이 눈에 들어온다. 다리를 저는 긴 생머리
의 여자와 옆에서 실바람처럼 그녀를 부축하는 근사한 남자다. 한시도
떨어지고 싶지 않은 갓 시작한 연인인가 싶다. 나란히 한 곳을 바라 보
며 내려가는 다정한 연인이다.


　(원문) 옥(玉)으로 련(蓮) 교즐 사교이다 옥(玉)으로 련(蓮) 고즐 사교
이다 바회우희 졉듀(接柱) 하요이다 그고지 삼동(三同)이 퓌거시아 그고지
삼동(三同)이 퓌거시아 유덕(有德)하신님 여해아와지이다.
　(해석) 옥으로 연꽃을 새깁니다. 옥으로 연꽃을 새깁니다. 그 꽃을 바위
위에 졉을 붙입니다. 그 꽃이 세 묶음이 피어야만 그 꽃이 세 묶음이 피어
야만 유덕하신 임을 이별하고 싶습니다.

- 고려속요 「정석가(鄭石歌)」 중에서


　몹쓸 사랑이 눈앞에서 뚝뚝 떨어지는 동백숲 길을 말없이 걸어가는
저 연인의 바로 옆 카페에서는 어제 만나 오늘 헤어지는 가벼운 가사
에 화려한 멜로디가 뒤섞인 인기 걸그룹의 노래가 신이 났다.
　이 무슨 역설일까 ? 세상에 변치 않는 것이 있던가 ! 있다면 변하지
않는 것이 없다는 그 진리만이 변치 않는 것임을……. 그 누가 사랑을
'그럼에도 불구하고' 라고 말했던가 !
　어디선가 들리는 듯한 정석가(鄭石歌)의 불가능한 노랫말이 저들의
어깨를 토닥토닥 다독이며 길에 연하여 길을 열어가고 있다.

박영순

# 한폭의 산수화를 담다

## — 거제도 대금산

봄이 되면 모든 산들이 아름다움을 뽐낸다. 그중에서도 대금산이 단연 으뜸이다. 얼마나 아름다우면 이름조차 '아름다운 비단을 뜻하는 금(錦)'자와 비단 중에서도 으뜸인 대(大)자까지 겹쳐 대금(大錦)이라 했을까? 그 이름만으로도 빼어난 아름다움을 짐작하고도 남음이 있을 것이다.

봄을 떠올리면 단번에 분홍빛 진달래가 연상되는데 산과 바다를 같이 즐기면서 따사로운 봄기운을 만끽할 수 있는 곳이 바로 대금산이다. 가벼운 산행으로 연분홍빛 진달래에 한껏 취해 볼 수 있고, 그 정상에 오르면, 눈부시게 빛나는 푸른 파도와 남해바다의 정경이 발아래 펼쳐지는 곳, 진달래의 군락지인 대금산(大錦山)이 있다.

대금산은 해발 437.5m로 그렇게 높지 않은 산이며 누구나 가벼운 걸음으로 쉽게 오를 수 있는 산이다. 대금산의 정취는 진달래가 지천

진달래 꽃 핀 대금산(사진 ⓒ 거제시)

으로 만발하는 4월이 제격이다. 4월의 대금산은 수줍음 타는 산처녀의 볼을 발갛게 물들이는 참꽃빛이 온 산을 한 폭의 산수화로 그려놓는다. 연분홍빛 수채화 물감을 뿌려놓은 듯, 한눈에 환하게 펼쳐지는 아름다운 풍광에 입을 다물 수가 없다.

산에 오르는 길은 여러 갈래다. 연초면 명동리 명상 마을을 초입으로 오르는 길과 겨울이면 대구 축제로 유명한 외포항을 출발기점으로 산에 오르는 방법이 있다.

이 두 길은 정골재에서 만나게 된다. 좀 더 긴 코스를 원한다면 옥포고등학교를 출발점으로 삼아 봉산재를 지나 정골재에서 만나게 된다. 장목면 시방리 봇골 마을로 올라오는 길도 있지만 그래도 가장 많이 이용하는 코스는 장목면 율천 마을을 지나 반깨고개 주차장에 차를 두고 오르는 것이 가장 대표적인 산행코스다. 물론 어느 길을 택하든 모두가 다 편안한 등산로다.

거기에다 진달래축제 때가 아
니라면 산을 싸고도는 임도를 통
해 산 중턱까지 자동차로 갈 수
있어 더욱 편리하다. 그러나 남
해바다의 푸른빛과 진달래의 분
홍빛, 순백의 포말이 부서지는
해안선, 날이 맑은 날에는 수평
선 너머로 보이는 대마도, 섬과
섬을 연결하여 놓은 거가대교의 웅장함을 즐기려면 발품 팔아 걸어 올
라온 수고로움에 대한 대가는 충분할 것이다. 진달래 꽃잎을 따먹고
놀았던 어린 시절 추억을 되새기며 한 발자국 한 발자국 진달래꽃밭을
향해 내딛어본다. 어느새 소녀시절에 외웠던 김소월의 시 '진달래꽃 '
을 나도 모르게 흥얼거리다 보니 진달래 터널 속으로 들어선다. 아치
형으로 꽉 어우러진 진달래 터널 속을 비집고 사람들은 여기저기서 카
메라 샷을 연신 눌러댄다. 또 이 순간을 놓치기 아까워 스마트 폰으로
짧은 시간에 파노라마를 찍어내는 사랑하는 연인들로 북적대고, 온 산
을 뒤덮은 진달래꽃과 더불어 사람들은 자연의 아름다움에 매료되어
진달래 터널에서 좀처럼 빠져나오지를 못하고 있다. 간신히 진달래 꽃
길을 헤치고 오르면 파란 하늘이 빠끔히 고개를 내밀고, 거기에 또 다
른 세상을 열어두고 있다.

'대금산 437.5m' 과묵하고 무뚝뚝한 돌에 새겨진 정상 표지석.

대금산 정상에 올라서면 시원하게 불어오는 바닷바람이 가슴을 탁

© 거제시

© 거제시

트이게 해준다. 어느 한 방향도 막힘없이 사 방팔방으로 맘껏 감상 할 수 있는 거제도의 조망은 또 다른 모습의 거제를 볼 수 있게 만들어 준다. 대금산에서 내려다보이는 이수도는 마치 학이 날개를 펴고 하늘로 막 날아오를 듯이 꿈틀거리는 듯하다. 그래서 이 섬을 '학섬'이라고도 부른다.

이수도(利水島)는 '물(水)이 사람을 이롭게(利) 하는 섬'이라는 뜻을 가진 섬으로 한자어 이름을 갖기 전까지는 '이물섬'이라 불렀다. 이름에서 보듯이 가뭄 때는 바다 건너 이웃 마을에서까지 물을 길으러 올 정도로 물이 풍부했고, 바다는 어자원이 풍부해 모두가 부러워하는

'부자섬' 또는 '돈섬'으로 불렀다. 이 섬을 대금산은 마치 어미 새처럼 감싸고 있다.

대금산 아래로 보이는 바닷가 마을, 시방과 이물섬 사이에는 오래 전부터 전해오는 전설이 있다.

이물섬 사람들이 넉넉하게 사는 것과 대조적으로 시방 마을은 왠지 고기가 잘 잡히지 않아 늘 가난했다고 한다. 사람들은 그 까닭이 학처럼 생긴 이수도의 지형 때문이라고 생각하고 학을 향해 활을 쏜다는 뜻의 '시방(矢方)'으로 마을 이름을 고쳤다. 그렇게 이름을 바꾸자 시방 마을 사람들의 어장에는 고기가 많이 잡혔지만 이물섬 사람들의 어장은 고기잡이가 시원치 않아 걱정이 많았다.

이물섬 사람들이 걱정에 싸여있던 어느 날 도사 한 분이 찾아왔다. 도사의 말에 의하면 섬이 훌륭하긴 하지만 시방 마을 때문에 고기가 잡히지 않고 삶이 어렵다는 말을 전했다. 도사는 그 방책으로 바다 건너 시방 마을의 지형이 활 모양으로 생겨 그곳에서 활을 쏘기 때문이니 시방의 활을 막을 수 있는 방패 비석을 세우라는 비법을 알려주었다.

그 비법을 전해 들은 마을 사람들은 신이 나서 '화살을 막는 방패'란 의미의 '방시순석(防矢盾石)'비를 세웠다. 그러자 신기하게도 그때부터는 이물섬 마을 어장은 대 풍어가 들어 마을에는 잔치가 열렸다. 하지만 그렇게 풍어가 들어 날로 신바람 나던 어장은 어느샌가 고기 씨가 말라버려 시방 마을 사람들은 새로운 걱정에 휩싸여 한숨으로 보내게 되었다. 걱정이 태산 같아진 마을 사람들은 다시 회의를 열었다.

시방 마을 사람들은 그 비석을 없애기 위하여 기회를 염탐했지만, 이물섬 사람들은 시방 사람들이 섬 가까이 오는 것조차 막았기 때문에 뜻을 이룰 수 없었다. 시방 마을 사람들은 비석을 깨뜨릴 수 있는 쇠화살을 만들기 시작했다. 이물섬에 세운 돌비석쯤이야 쇠로 된 활로 쏘면 단번에 쉽게 없앨 수 있다고 여긴 시방 사람들은 이물섬이 바로 보이는 곳에 '방시만노석(放矢萬弩石)'이란 비석을 세웠다. '방시만노'란 '만개의 쇠화살로 쏘다'라는 뜻이다. 이 비석을 세우자 놀랍게도 시방 마을 어장은 풍어로 다시 풍족한 생활을 하게 되었다. 그러나 이물섬 어장은 또다시 어려움을 겪기 시작했다. 시방 마을에서 만 개의 화살을 동시에 쏠 수 있는 쇠뇌 때문에 이물섬 학이 죽어 운(運)이 모두 나갔다고 믿었다.

그리하여 이물섬 사람들은 또다시 방시만노석을 깨부수기 위해 기회를 노렸다. 하지만 시방 사람들은 밤에도 횃불을 켜놓고 비석을 지켰다. 이번에는 이물섬 사람들이 방시순석(防矢盾石) 비석 위에다 돌을

대금산에서 바라 본 거가대교(사진 © 류정남)

올려 '방시만노순석(防矢萬弩盾石)'이란 비를 세우게 되었다. 이렇게 자신들의 터전을 지키기 위한 다툼은 끊이지 않았다.

이런 다툼도 이제는 옛이야기가 되어 아름다운 전설로 남아 있을 뿐, 두 마을 사람들은 섬을 오가며 사이좋게 잘 지내고 있다. 이처럼 조상 대대로 물려받은 작은 섬을 지키며 살아가고자 노력했던 섬사람들, 그들 나름대로 삶에 대한 애착, 사랑이 잔잔한 파도 속에 넘실거린다.

대금산 정상에서 바라보는 또 하나의 멋진 풍광은 거가대교다. 거가대교는 망망대해에 탑처럼 우뚝 솟아 푸른 파도를 가르며 서있다. 우리나라 두 번째로 큰 섬인 거제와 우리나라 제일의 항구도시인 부산을 이어주는 거대한 다리는 그야말로 꿈의 바닷길이다. 이순신 장군이 뱃

진달래터널(사진 © 류정남)

길로 다니던 이 바다를 우리는 거가대교를 통해서 바다를 건너다닌다. 다리 위를 지나다 보면 승전고를 울리던 이순신 장군의 모습이 떠오르고, 북소리도 들린다.

봄이면 연분홍빛 수놓은 진달래 군락지를 찾아온 전국의 꽃 산행 인파가 붉게 물들이는 대금산, 진달래 꽃길과 함께 학과 화살의 전설을 품고 있는 대금산, 멀리서 보면 잘 생긴 여인이 아기를 품은 듯한 형상을 한 대금산은 바다로 나간 남편을 걱정하며 기다리다 망부석이 된 애절한 여인의 모습으로 오늘도 묵묵히 그 자리를 지키고 있는 듯한 생각이 든다.

정순애

# 풍상을 겪은 섬 칠천량 해전 길

가끔 찾아가는 길이 있다. 그곳은 언제나 마음이 먼저 길을 달려 간다. 고현을 출발해 4차선 도로를 10여 분 달리면 연초 삼거리가 나 온다. 거기서 좌회전을 하고 삼거리로 들어서면 2차선이다. 도로를 중 심으로 파랗게 펼쳐진 벼들이 동을 틔운다.

그 길을 따라 덕치고개를 넘어서니 낯익은 바다가 보인다. 이곳을 떠나 산 지 수십 년이 지났지만 바다는 여전히 쪽빛으로 나를 반긴다. 내가 태어난 하청이다. 플라타너스로 가득했던 교정에는 수업시간인 지 학생들의 그림자도 보이지 않는다. 모두가 허상인지 고향집도 오간 데가 없다. 몇 번이나 주변을 둘러보았지만 흔적조차 찾을 수 없다. 낯 선 집들만 들어서서 이방인인 양 나를 바라본다.

어린 시절 나는 이곳에서 날개를 달고 싶은 꿈을 꾸었다. 육지로 비 상하는 꿈은 당연했는지 모른다. 바다는 나의 오랜 친구로 기억된다.

길손처럼 찾아온 나를 침묵으로 일관하면서 해묵은 갯내음만 풍긴다.

바다로 달려가는 내 마음은 유치원생처럼 재잘거린다. 내친김에 어렸을 때 자주 갔던 칠천도가 생각나 그곳으로 향한다. 오른쪽으로는 성동, 그리고 사환 마을이다. 왼쪽으로 펼쳐진 바다는 낮의 정적으로 잠을 자는 듯 고요하고 산을 가린 숲은 싱그러움으로 가득하다.

와항을 지나자 오른쪽 산기슭에 맹종죽 테마공원이 보인다. 사시사철 푸르던 대나무 숲이 드디어 큰 산을 이루었다. 이곳은 맹종죽으로 유명한 지역이다. 봄이면 대나무밭에서 뾰족한 새싹이 산처럼 솟아오른다. 이것이 죽순이다.

성질이 유난히 곧고 지조를 지키는 사람을 대나무의 특성에 비유해 대쪽같다는 표현을 한다. 어렸을 때부터 대나무 숲을 바라보고 자란 탓인지 대나무 같은 기개(氣槪)를 지닌 사람이 좋다. 대나무 숲을 지나칠 때마다 강한 의지와 늠름한 정기를 마시는 듯 기분이 상쾌하다.

저만치 칠천 연육교 표지판이 보인다. 이 다리가 완공된 것만 해도 십여 년이 지났다. 옛날에는 나룻배를 타고 학생들이 통학을 했다. 맑고 깊은 바다는 예나 지금이나 변함이 없다. 지난날의 기억이 수면 위로 어리는 빛처럼 반짝거렸다. 친구랑 유난히 자주 오던 곳이 여기가 아니던가.

잠시 주춤거리며 차를 세운다. 교량을 사이에 두고 조성되는 볼거리가 눈길을 끈다. 예전에는 볼 수 없었던 칠천량 해전을 상기시키는 현판이다. 눈앞에 칠천 연육교가 하늘과 맞닿았다. 큰 물결이 섬을 만들고 섬은 또 바다를 만들었다. 어렸을 때 지명(地名)이 신기해서 궁금해 한 적이 있었다. 어디서 흘러나왔을까? 자그마치 칠천 개의 섬이 있다고 하더니 그건 아니었나 보다. 옻나무가 많고 바다가 맑고 고요한데다 섬에 일곱 개의 강이 있다고 하여 칠천도(七川島)가 되었다고 한다. 눈앞에 작고 예쁜 섬이 침묵하고 있다. 고적함에 왠지 모를 서러움까지 풍긴다. 임진왜란의 풍상(風霜)을 겪은 섬이다.

칠천량 해전공원으로 향했다. 쭉 뻗은 칠천 연육교를 따라 좌측 6·25참전 기념비가 세워져 있는 곳으로 이동을 했다. 바다와 산이 가는 곳마다 절정이다. 푸른 바다 위에는 하얀 부표들이 수를 놓은 것처럼 떠 있다. 소담스럽게 등을 받치고 비경 속에 살아가는 아름다운 마을이다. 옥계마을에 이르자 뒤늦게 표지판이 얼굴을 내민다. 아랫목처럼 편안한 오토캠핑장과 해군함정이 자리하고 있다. 언덕배기를 오르니 양쪽으로 바다가 펼쳐져 있다. 이곳이 칠천량 해전 공원이다. 조선 수군의 군선인 판옥선을 본떠 만든 해전전시관이다.

정유재란(1597년 3월) 때 임진왜란을 종결시키기 위한 명나라와 일본 간의 강화교섭이 결렬되자, 일본군 선봉대가 조선의 부산을 다시

침략했다. 그해 8월 일본의 계략으로 이순신 장군이 파직당하고 원균 장군이 새로운 통제사로 부임했다. 원균은 100척이 넘는 판옥선과 거북선을 이끌고 만여 명에 달하는 수군을 이끌고 사투를 벌였지만 참패하고 말았다. 이후 이순신이 삼도수군통제사로 부임했지만, 남해안의 재해권은 명량해전에서 승리할 때까지 왜군에게 있었다고 한다. 정유재란으로 비롯된 7년간의 전쟁은 우리의 기본권을 박탈함은 물론 많은 인명피해를 냈다. 「동국신속 삼강행실도」 '열녀도'에 의하면 수많은 여인들이 일본군의 만행에 견디다 못해 자결한 이야기까지 전해진다. 이로써 우리는 당시의 치욕이 어느 정도였는지 짐작할 수 있다.

착잡한 마음에 섬을 한 바퀴 돌아다본다. 해전 공원 아래에 위치한 오토캠핑장에는 가족단위의 피서객들이 해변의 한여름을 만끽한다.

저만치 수상스키장이랑 바나나 모양의 카약도 보인다. 월척을 기다리는 낚시꾼들의 바람은 오로지 낚싯바늘에 걸려있다. 풍상을 겪은 섬이라 하기에는 너무나 평화로운 전경이다. 깊은 물 속에서 잠을 자는 것만 같다.

칠천도는 하청면에 속해있는데 거제도가 본섬이다. 거제도는 우리나라에서 두 번째로 큰 섬이다. 1971년 사등면 견내량과 통영시 용남면을 잇는 거제대교가 놓여져 육지와 연결됨에 따라 엄청난 변화를 가져왔다. 이후에는 작은 섬인 칠천도에도 연육교가 생겨 어미와 자식처럼 작은 섬이 큰 섬을 바라보고 있다.

섬에 안주한 나는 넉넉함과 여유로움에 빠져있다. 하늘을 가린 듯 깊은 숲 속도 해맑은 얼굴로 숨어있다. 물안이라는 동네를 끝으로 다시 칠천연육교를 건넌다.

정현복

# 이름보다 더 예쁜 샛바람 소리길
— 구조라

구조라는 거제도 관광의 일 번지다. 거제도에서 가장 넓고 긴 모래 해변을 품고 있는 피서지로 전국에 알려졌다. 한려해상국립공원의 출발점이라고 해도 과언이 아닐 정도로 사철 수많은 인파가 내도와 외도, 해금강 등 명소 관광을 위해 유람선터미널과 도선 선착장이 있는 구조라 마을을 찾아든다.

바다로 둘러싸인 반도 형 마을, 수정봉 전망대에서 내려다보면 마치 장구같이 허리가 잘록한 모습을 하고 있다. 마을의 특이한 지형 때문에 빚어진 해프닝이 마을 사람들 입에 회자되고 있다

지금은 할머니가 된 한 분이 구조라 초등학교에 다닐 때 "우리나라는 삼면이 바다로 둘러싸여 있다, 바다 이름을 모두 쓰세요."라는 시험 문제가 나왔다고 하는데 철모르던 삼 학년 할머니는 "앞개, 뒷개, 수정개"라고 답을 적었다는 것이다.

'앞개'는 유람선 선착장이 있는 동쪽 바다, '뒷개'는 마을 뒷편 해수욕장이 있는 서쪽 바다 '수정개'는 수정봉 넘어 현해탄과 맞닿은 남쪽 바다를 일컬어 구조라 사람들은 그렇게 부르는데 어린 학생은 자기가 사는 구조라 마을을 '우리나라'로 이해했던 모양이다.

흔히 구조라를 이름이 널리 알려진 거제의 대표적 해수욕장이 있고 유람선이 드나드는 포구쯤으로 여기겠지만 놓치고 가서는 안 될 고품격 탐방로 샛바람 소리길이 있다는 사실은 잘 모를 것이다.

이름만큼이나 예쁜 산책 코스, 구조라를 찾는 관광객들에게 인기가 아주 높은 매력 만점의 길이다. 찾아가는 길은 선착장 중간쯤에 있는 범선처럼 생긴 공중화장실 주변에 주차를 시키고 맞은 편 세길수산 멸치직판장 건물 옆 골목길로 들어서면 벽화거리가 나타난다.

관광객들이 유람선을 기다리는 틈새 시간에 볼거리를 제공하기 위

해 담벼락에 벽화를 그려 동화 속 바다 이야기, 연 날리고 물장구치고 놀던 동심의 세계를 펼쳐놓았다. 가족이나 연인, 친구끼리 여행의 추억을 담아가기 좋을 만한 정겨운 골목길, 벽화를 감상하며 한 걸음 한 걸음 걷다 보면 어느새 동글동글한 황토색 돌계단으로 조성된 샛바람 소리길 들머리에 이른다.

구조라 사람들은 옛날부터 마을 뒤편 뎅박동에서 언더바꿈으로 가는 시릿대 오솔길을 샛바람 소리길이라고 부르고 있다. 울창한 대숲길이 300m 정도 이어지는데 이 길은 한여름에 와도 오한이 들 정도로 음산하여 혼자 들어가기엔 엄두가 나지 않는 껄끄러운 길이다.

아니나 다를까. 길 입구에 "드가서 뎅기 보이소"라는 구수한 안내판이 세워져 있다. 옛날에 뎅박동에는 낮에도 볕이 들지 않고 샛바람 소리에 한 맺힌 아기 귀신들이 울부짖는 소리가 들린다고 하여, 동네 아이들이 무서워서 잘 들어가지 못했다는 얘기가 전해져 오고 있다는 설명까지 해 놓아 여행자들의 흥미를 자극한다.

미로 같은 이 길을 걷노라면 불어오는 바람에 시릿대 흔들리는 대숲소리가 귀와 온몸을 맑게 하고 사그락사그락 댓잎을 밟으며 걷노라면 혼돈스러운 마음도 차분해지는 호젓한 터널길이다. 숲 속 어디선가 이

따금 동박새와 휘파람새가 청아한 노래를 들려주며 사람을 반긴다. 대숲길이 끝나면 또 다른 세계가 눈앞에 펼쳐진다.

소박한 들꽃이 피어 있는 좁은 길을 따라가면 언더바꿈이란 쌈지공원에 오르게 되고 거기서 바다를 향해 설치해 놓은 통나무 그네를 타고 바라보는 전경은 가히 일품이다. 기다란 해수욕장의 하얀 모래밭과 쪽빛 바다, 효자의 전설을 간직한 윤돌섬을 바라보노라면 빼어난 풍경화 한 폭을 보는 듯하고 '원드 풀'이란 단어가 저절로 입에서 튀어나올 만큼 경치가 아름답다. 중간에서 마주친 어느 관광객 한 분은 구조라에 와서 샛바람 소리길과 언더바꿈 공원을 와 보지 않았으면 땅을 치고 후회했을 거라고 한다.

시간이 허락한다면 구조라성, 수정산 둘레길과 산 정상의 전망대도 가서 볼만하다. 구조라성은 조선시대 왜적의 침입을 막기 위해 전방의 보루로 축조된 포곡식 산성으로 경상남도 기념물 제204호로 지정되어 있다.

성안은 모두 논밭으로 변하였고 중앙에 우물터가 아직 남아 있으며 성 입구에서 성황당까지 수많은 솟대가 하늘을 찌르듯 둘러서 있다.

솟대는 마을의 안녕과 수호, 풍농과 풍어를 기원하기 위해 마을 입구에 세우는 일종의 신앙물이다.

수정산은 옛날에 수정석이 많이 나왔다고 하여 붙여진 이름, 해발 150m밖에 안 되는 비록 작은 산이지만 북병산의 맥을 받아 솟은 산이라 하여 구조라 사람들은 진산으로 귀하게 여기고 있다.

정상으로 향하는 둘레 길은 인근의 내도, 지심도와 마찬가지로 남도 특유의 상록수 림으로 우거져 있다. 동백은 물론이고 사스레피와 생달, 구실잣밤, 편백, 이름도 특이한 육박나무가 자생하고 있어 사철 푸르다. 나무들이 뿜어내는 신선한 향기를 맡으며 트레킹 하기에 딱 알맞은 코스다.

염소들이 평화롭게 풀을 뜯고, 인기척에 놀란 꿩이 저편 언덕으로 푸드득 날아가는 모습, 숲 속에서 불쑥 튀어나오는 순한 눈빛의 고라니와 마주치는 체험까지 할 수 있는 재미 쏠쏠한 자연 탐방로다.

쉬엄쉬엄 둘레 길을 걷다 보면 끝나는 지점에서 정상으로 이어지는 오르막길이 나온다. 가쁜 숨을 몰아쉬며 10여 분 오르면 탁 트인 수정산 전망대에 다다른다. 정상에서 바라보는 사방의 풍경은 탄성을 자아내게 할 만큼 절경이다.

북쪽으로는 옹기종기 사이좋게 붙어 있는 구조라 마을이 파노라마처럼 펼쳐지고 바다로 눈을 돌리면 거제 팔경에 들어가는 공고지와 내도, 외도와 해금강이 손에 잡힐 듯 가까이 보인다. 멀게는 갈매기섬이라고 불리는 홍도, 안경 모양의 섬도 보이고 날씨가 좋을 때는 대마도까지 볼 수 있는 곳이다.

눈이 시리도록 푸른 에메랄드빛 바다 위로 유람선들이 하얗게 항적

을 그으며 지나가고 멸치잡이 배들이 검푸른 연기를 뿜으며 조업하는 모습을 보면 생동감이 느껴진다. 젖은 땀을 식히고 하산길에 오른다. 올라온 길과는 반대편 다소 가파른 내리막길로 내려가면 군초소 체험관과 한층 더 바다를 가까이에서 볼 수 있는 또 다른 전망대를 둘러 볼 수 있다.

다시 발걸음을 옮겨 마을로 내려오다 보면 구조라 진성의 성벽에 영화에서 본 듯한 모습의 성황당이 자리 잡고 있다. 이 마을에서는 1984년 까지만 해도 별신굿을 하고 마치고 나면 이곳 당집에서 마을의 액이나 질병, 재해, 호환을 막아 달라고 산신제를 지냈다고 한다. 황토와 돌을 짓이겨 세운 예쁜 당집과 뒤편 고목나무에 걸린 오색 천들이 펄럭이는 모습이 퍽 인상적이다.

샛바람 소리길에서 출발하여 언더바꿈 공원, 구조라성, 숲 체험 탐방로, 수정봉 전망대와 성황당까지 돌아보는데 1시간 30분 정도 소요된다.

진정한 힐링을 꿈꾸는 자들이여 오라, 역사와 낭만과 수려한 비경이 숨어 있는 구조라 마을 샛바람 소리길로⋯⋯.

Story 2

# 거제도 마을

김복희

김용호

박영선　　　　김현길

윤일광

최대윤

김복희

# 답답골재의 추억

둔덕면에 가면 답답골재가 있다. 옛날에 이 잿길은 둔덕면에서 거제읍을 연결하는 유일한 교통로였다. 오랜 세월이 지났지만 옛 모습 그대로 간직한 풍경으로 남아 지나간 추억이 절로 떠오른다.

산방산의 등줄기를 따라 남쪽 끝자락 중간쯤에 닿으면 표지석이 없는 묘지 한 쌍이 보인다. 그리고 마당패가 한판 신나게 놀다갈 만한 초지도 보인다. 요즘은 둔덕면 상죽전과 거제면 송곡리를 이어주는 이 잿길을 찾는 사람이 별로 없지만 예전에는 많은 사람들이 드나들었던 길이다. 둔덕천의 지류를 따라가면 윗대밭골(상죽전)과 아랫대밭골(하죽전)이란 예쁜 산골마을이 자리잡고 있는데, 답답골재는 상죽전의 맨 끝자락에 놓여있다.

나는 어린 시절에 어머니 손을 잡고 외갓집에 가는 날이면 나는 답답골재를 넘어서 갔다. 먼 발취에서 지나는 사람이라도 있으면 인기척

답답골재

을 내고, 아는 사람이면 그동안의 동정을 묻고 인사를 나누면서 지나
갔다.

거제장날이라도 서는 날이면 답답골재는 더 바빠졌다. 답답골재는
엿장수나 보따리장수뿐 아니라 시집·장가가는 가마나 상여까지도 쉬
어가는 고갯길이었기 때문이다.

골이 깊고 숲이 울창해 높고 험한 이 잿길을 지날 때마다 아버지는
총을 들고 빨치산을 토벌하러 다니셨고, 할아버지는 말을 타고 행정
일을 보러 다니셨다. 손에 땀을 쥐고 답답골재에 올라 한숨 돌리다 보
면 마주하는 길손들이 있었다. 서로 시집간 딸 안부도 묻기도 하고 사

답답골 입구(상죽전)

상죽전 마을 전경

돈도 맺으며 정담을 나누기도 했다. 그 시절 답답골재는 둔덕면과 거제면의 시장, 경제, 예술, 정보교류의 장이었다.

나는 가마를 타고 답답골재를 넘어 시집을 왔다. 시댁은 할아버지께서 재를 넘기 전에 종종 말에게 물을 먹이고 시아버님과 장기를 두며 쉬어 가던 곳이었다.

새내기 시집살이 때였다. 하루는 우물에서 물을 이고 대문을 들어서자 마당 한가운데 처녀가 머리에 꽃을 꽂고 망부석처럼 서 있었다. 낯이 없어 누구인지 물었더니 그 처녀는 고개를 획 돌리면서 "이쁘다"하고는 치마를 올려 나래를 펼치고 펄럭거리며 달아나 버렸다.

그 처녀의 사연을 나중에 알게 됐다. 그녀는 오래전 답답골재를 넘어 상죽전 최씨 집안에 가마를 타고 시집을 갔다. 그런데 답답골재 너른 쉼터를 지날 무렵 건너편(둔덕면 방향)에서 오던 가마와 처녀 쪽 가마가 싸움이 벌어졌다. 너른 쉼터에서 가마를 내려놓고 쉬었다 가려고 서로 먼저 왔다고 실랑이가 벌어진 것이다.

가마꾼들이 싸우다 처녀가 탄 가마 채가 부러졌는데 하필이면 그때 신부가 가마에서 떨어져 나간 것이다. 무덤가에 있는 바위에 머리를 부딪쳐 정신에 이상이 있었는지 처녀는 신랑집에서 소박을 맞았다고 한다. 이후 처녀는 신랑을 잊지 못하고 나비처럼 신랑에게 가기 위해 치마를 뒤집어쓰거나 펄럭이며 뛰어다닌다고 한다.

거제면 방향에서 답답골재를 오르면 거제면 송곡마을이 보인다. 송곡마을에서 오르는 답답골재 초입에는 '내원사'라는 오래된 절이 있다. 이 절 앞으로는 산방산에서 내려오는 맑은 물이 흐르는 작은 개울이 세월처럼 흐르고 있다. 개울 앞에 있는 숲에는 천 년이 아프도록 누워

답답골재 류처자                    류처자 제문

있는 처녀의 묘 하나가 자리하고 있다. 순조1년(1801년 신유년) 신유박해(천주교 탄압) 때 순교자, 사학(邪學)죄인 유항검(柳恒儉, 1756~1801)의 딸로 1801년 10월 6일 9세의 나이에 연좌죄인으로 9세 때 거제도로 귀양 온 류처자 류섬이의 묘다.

류처자의 아버지인 유항검(柳恒儉)은 호남의 '사도'로 불리며 신앙심과 전교에 열정적인 인물이다. 그는 1801년 신유박해 때 전라도에서 가장 먼저 체포돼 혹독한 고문을 받고 서울로 압송돼 처형됐다.

신유박해로 일가가 순교한 경우는 아주 드문데 유항검 일가는 부인 신희, 첫째 아들 유중철, 며느리 이순이, 둘째 아들 유문석, 동생인 유관검 등이 처형되고 어린 세 자녀는 유배된 것으로 보인다.

지난해 프란치스코 교황은 한국을 방문했을 때 류처자의 아버지인 유항검을 비롯해 큰오빠 유중철, 둘째 오빠 유문석, 시누이 이순이 등을 복자·복녀로 추대한 바 있다.

류처자는 거제도로 귀양 와 평생 결혼을 하지 않았다. 여자의 순결과 신앙을 이어가기 위해 토굴에서 양어머니와 함께 살았다. 그리고 양어머니가 품을 팔아온 삯바느질 거리로 생계를 유지하고, 토굴에서 음식을 받아먹었다고 한다. 이러한 이야기는 거제면 사람들의 입에서 입으로, 노래로 전해지고 있다.

서울하고 류 처자는 거제의 선봉 귀양 왔네
서울 신부 연을 지어 거제의 선봉
아래 옷방 처녀들아 영 줄 삼아 구경 가자

지금도 이 노래는 송곡마을 어르신들이 즐겨 부른다. 답답골재 중턱 부근에 있는 산밭에 일을 하러 갈 때마다 부른다.

류처자는 관비로 있을 때 음식 솜씨도 좋고 총명했던 터라 거제도 호부사 하겸락은 자신의 문집에까지 류처자의 이야기를 수록할 정도였다.

예로부터 답답골재는 가마꾼들이 오르고 올라도 끝이 없는 고갯길이 가파르고 답답해 '답답골재'라고 불렀다고 한다. 그렇지만 답답골재는 아름다운 풍경이 있다. 우리가 살아온 옛이야기와 함께 전설이 살아 있어 다시 한 번 걷고 싶고 찾고 싶은 길이다.

김용호

# 가조도의 옥녀봉

남해안에 몇 군데의 옥녀봉이 있겠지만, 가장 많이 있는 곳은 이 거제일 것이다. 거제의 옥녀봉은 세 곳에 있다. 제일 높으며, 많이 알려진 곳은 일운면 옥림리와 소동리의 북쪽 뒤편에 있는 옥녀봉(555m)과 하청면 칠천도에 있는 옥녀봉(232m), 그리고 지금 소개하는 사등면 창호리의 옥녀봉(332m)이다.

창호리는 법정리의 명칭이지만, 주로 섬 이름인 가조도라 부른다. 즉, 가조도가 창호리인 것이며, 창호리가 가조도인 것이다. 이 가조도를 가좌도라 부르기도 한다. 가조도에 사는 사람들도 어느 것이 맞는지 따지지 않고 그냥 쓰고 있다.

이렇게 혼용되는 것은 까닭이 있다. 예전부터 가조도(加助島)라 칭하였는데, 1900년에 행정구역 개편 등으로 가좌도리(加佐島里)라 개칭되었기 때문이다. 그러나 9년 뒤에는 가조도면으로 바뀌면서 가조도가

행정명칭으로 원상복구 된 까닭이다.

　이 가조도를 거제의 토박이 어른들은 흔히 '가지미' '가재미' 등으로 부르기도 하는데, 최근에야 그 까닭을 알았다. '가지미'는 '가오리'를 말한다. 즉, 가오리 섬인 것이다. 왜 '가지미'가 '가오리'인가 의문을 가질 수도 있다. '가오리'를 호남지방에서 '간재미'라 칭하는 것을 안다면, 충분히 이해될 것이다. 그러고 보니, 가조도는 가오리가 북쪽을 향한 형상이다.

　가조도는 거제 본섬의 부속 섬으로서, 남북으로 인절미 양쪽으로 잡아당긴 것 같은 잘록한 형상이다. 따라서 섬의 해안선이 길며, 군데군데의 여러 마을들이 있다.

　옥녀봉은 섬의 북쪽 인절미 덩이에 해당하는 위치에 있는데, 시원하게 솟아올라 있다. 북으로는 마산항을 바라보고, 서로는 고성군을, 그리고 동으로는 대금산과 거가대교를 조망한다.

옥녀봉은 시원한 원뿔 형태로 솟아있다. 따라서 산의 흘러내림이 여인의 치마폭 같다 하여 옥녀봉(玉女峯)이라 부른다는 설이 있다. 아마도 정설일 것이다. 그러나 하나의 전설이 있으니, 그것은 옛날에 계집애들이 산에 올라가서 싸움이 벌어졌는데, 한 애가 "이 산이 그래 니 산이가?"라며 옥녀에게 달려드니까 옥녀라는 애가 "그래 내 산이다. 우짤래."라 하였단다. 그 이야기에서 옥녀봉이 되었다는 설화이다.

또 하나 최근에 들은 전설은 옥녀봉이 옥녀와 선군의 한 맺힌 사랑의 전설이 서려있다는 것이다.

먼 옛날 옥황상제의 딸인 옥녀가 옥황상제의 노여움을 사 인간 세상에 내려와 벌을 받고 있었는데, 천 년 동안 어떤 유혹에도 넘어가지 말고 순결하게 지내야 다시 하늘로 올라갈 수 있다는 옥황상제의 명을 받았단다. 옥녀가 기약했던 천 년을 얼마 남겨 놓지 않고 하늘로 올라가기 위해 마지막 근신기도를 하고 있었을 때, 옥황상제가 옥녀를 시험하기 위해 하늘나라에서 제일 멋있고 잘 생긴 남자 선군을 내려보내 옥녀를 유혹하게 했단다. 옥녀는 이 같은 사실을 모르고 눈앞에 나타난 선군에게 빠져 넋을 잃고, 선군도 옥녀의 아름다움에 정신을 잃어 두 사람은 사랑에 빠져 세월 가는 줄도 모르고 지냈더란다.

옥녀와 선군이 옥황상제의 명을 어기고 사랑에 빠진 것을 본 옥황상제는 화가 나 옥녀와 선군을 섬으로 만들어 버렸다고 한다.

이 설화는 다른 옥녀봉에도 있을 법하지만, 가조도의 옥녀봉에 제일 어울린다고 할 수 있다. 왜냐하면, 섬이 북쪽과 남쪽으로 인절미 모양 떨어질 듯, 떨어지지 않고 연인처럼 두 개로 붙어 있기 때문이다.

내가 듣기로 국내에 옥녀봉이 39개라는데 시원한 옥녀의 치맛자락으로 따진다면, 이 가조도의 옥녀봉이 최고일 것이다. 그 시원한 흘러내림을 감상해 보시라. 섬의 북쪽 인절미를 한 바퀴 도는 내내 옥녀의 자태를 감상할 수 있을지니.

옥녀봉 아래 여자는 인물이 좋고 남자는 시원찮다는 구전이 있다. 이 가조도에도 있고, 일운면의 옥녀봉에도 그런 이야기가 전해져 온다는 말을 들었다. 실제로 그러한지는 통계가 없겠지만.

이 옥녀봉을 오르는 길은 크게 세 갈래로 보면 된다. 섬의 목 부분인 실전 마을에서 오르는 것과, 북서 끝에 있는 계도 마을에서 오르는 길, 섬의 동쪽인 신교 마을에서 오르는 것이다.

그러나 아직 오르지 못하였다. 말로만 들었다. 그러나 나는 상상한다. 치맛자락을 거슬러 옥녀의 가슴을 향하여 숨을 후후 내쉬면서 높다고 할 수 없는 봉오리 오르는 모습을. 이 가을에 그리고 오후에 오르면, 그 옛날 군마를 기르던 산자락의 억새는 참으로 황홀하게 펼쳐져 있을 것이다. 그리고 아련한 진해만과 고성으로 해 떨어지는 낙조는 얼마나 처절하게 아름다울 것인가!

김현길

# 피왕성은 말한다
— 의종 임금이 3년간 머물다간 둔덕

내 고향 둔덕면의 지명들은 무신의 난 때 의종 임금이 피난을 오면서부터 대부분 생겨났다. 둔덕에 온 그는 자주방을 중심으로 상둔과, 하둔에 군사를 나누어 주둔시켜 농사를 지어 식생활을 해결했다. 지금도 둔전들이라는 지명이 남아있다. 고려사에 의하면 단기사피(單騎死避)로 도성을 탈출했다고 기록되어있다. 의종이 둔덕으로 올 때 군사와 왕비 공주 대비 등 많은 신하들을 데리고 온 것만은 확실하다.

당시 지명들을 살펴보면, 복위할 때 타고 갈 말을 사육했다는 '마장'(馬場) 마을이 있고 죄지은 사람을 가두었던 옥(獄)이 있던 법동마을이 인근에 있다. 자주방은 상둔 쪽으로 오는 사람들과 의종을 알현하러 오는 사람들이 이곳을 거쳐야 지나갈 수가 있었다. 말을 타고 오는 고관들이나 신하들이 말에서 내렸다는 '마하지'(馬下址), 농막 마을(마한등), 초소를 만들어서 망을 봤다는 '망골'(거림 저수지 위쪽), 대비

피왕성 전경

를 모셨던 '대비장 안치봉', 조정에서 토벌군이 오나 해서 호를 파고 망을 봤다는 육지와 가까운 '호망골'(아사마을) 세금 등을 관장하며 임시 고려 도읍의 관문 역할을 한 '려관곡'(일명 여괜, 안치봉이 있는 곳), 공주가 손수 물을 길어 먹었다는 '공주샘'(방하마을)이 있고, 의종이 죽자 신하들이 묻힌 '고려무덤'도 있다. 복위를 위한 무기를 생산하던 곳으로 쇠널(鐵板) 철문을 막아놓고 외인 출입을 금지한 '외인금'(外人禁)은 지금의 어구마을 있고, 육지와 교역을 한 '수역' 술역리도 있다. 800년이 훨씬 지난 유구한 역사 속에서도 이러한 지명이 주목의 옹이처럼 남아 슬픈 역사를 전한다.

구전에 의하면, 의종 임금이 견내량에 도착하여 거룻배를 타고 먼저 거제 땅으로 건너갔다. 여기서 남은 신하들과 백성들이 울면서 전하! 전하! 부르는 소리가 도를 가득 메웠다고 한다. 이 도를 전하가 건넘

견내량

에 따라 그곳은 전하도(殿下渡)가 된다. 이후 의종이 폐위되고 동생인 명종이 뒤를 이어 즉위했지만 충신들은 명종을 인정하지 않았다. 특히 문신들은 의종만을 왕으로 인정했다. 비록 폐위는 되었으나, 지방의 호족들과 관조차 의종만을 진정 왕으로 섬긴 것이다. 그러므로 복위할 날만 손꼽아 기다린 것이었다.

그러나 기다리던 그 날이 왔음에도 김보당의 복위 운동이 실패함에 따라 의종은 경주에서 죽임을 당했다. 둔덕에 남은 신하들은 환도하지 못하고 27년간 이곳 둔덕면 방하리 일대에 살다가 묻혔다. 방하리 남쪽에 '고려무덤'이 그것이다. 이는 1950년 한국동란 때 서울 대광중학교가 임시 천막학교를 설치하면서 거의 훼손 도굴되고 일부만(8~9기) 남아있다.

민물 메기는 왕이 살았던 곳이라야 서식한다고들 한다. 둔덕천에는 메기뿐만 아니라 초봄에는 사백어가 나고 여름이면 은어가 잡힌다. 그러므로 감탕 등은 의종 임금이 즐겨 먹던 음식으로 보인다. 우리나라는 보통 설과 추석 때 차례를 지내는데, 둔덕에서는 설날 아침에는 차례를 지내지 않고, 그 전날인 섣달 그믐날 저녁에 제사를 모신다. 이러한 풍습은 고려 왕실의 전통으로서 유독 둔덕에서 많이 행해진다.

의종이 죽고 난 후, 거림 마을에서는 의종 임금을 기리는 제사가 이어졌다. 피왕성 천제단에서 섣달 그믐날 저녁에 해마다 빠짐없이 제를 올린 것이다. 일 년 전에 미리 다음 제주를 정하고, 그 선택된 제주는 일 년 동안 몸과 마음을 정갈하게 해야만 했다. 만약 의종에 대한 애정이 없었거나, 혹독한 부역이나 세금을 강요한 왕이었다면 이러한 제사를 800년 간이나 이어 왔을까?

역사는 윤회한다고들 한다. 그 당시 고려는 무신의 난 이후, 정중부, 경대승, 이의민, 최씨 일가로 이어진 무신정권이 60여 년간 이어졌다. 근대에 와서 박정희의 5·16군사구테타로 인해 전두환, 노태우로 이어진 군부정권과 여러모로 흡사하다. 그러나 역사는 이긴 자에 의해 다소 왜곡되거나 편파적으로 기록될 수 있다. 수양 숙부에게 왕위를 빼앗긴 단종도 강원도 영월로 유배를 갔다가, 죽임을 당한 아픈 역사가 있다. 이때 사육신으로 불리는 성상문, 박팽년, 하위지 등은 단종의 복위를 꾀하다 실패하여 죽임을 당했다. 의종 복위문제도 이와 다르지 않다. 그가 죽자 김보당, 이경직, 장순석, 등이 일제히 죽임을 당한 것이다. 따라서 '이들이 흘린 피와 그들이 흘린 피'는 색깔이 어떻게 틀릴까?

숙부에게 왕위를 빼앗긴 단종은 제위 기간이 짧았지만, 의종은 24년이나 된다. 문신만을 우대하고 무신을 천대한, 못된 왕 무능한 왕으

피왕성 연못

로 전해진다. 또한 문학을 좋아하고 격구라는 놀이를 즐겼지만 그 밖에는 특별히 드러나는 것이 없다. 예컨대 보현원에서 의종이 술이나 먹고 놀이나 즐기며 무신들을 농락하는 일에만 재위 24년을 보내지는 않았을 것이다. 아무리 문신들의 서슬에 눈과 귀가 멀었다고 해도 국경지대인 금나라에도 신경을 썼을 것이다. 따라서 왜구들의 침입에도 밤잠을 설쳤을 게 분명하다. 미루어 짐작할 수는 있지만 역사적 기록은 보이지 않는다. 언젠가 KBS 방송에서 〈무인시대〉라는 드라마를 방영한 적 있다. 의종역을 맡은 탤런트가 의종 역에는 모자라는 역으로 나온다. 극 자체가 무인을 미화해서인지 의종 임금은 비참하게 보였다.

이는 의종 임금 스스로가 문신을 우대하고 무신을 천대한 정책을 펼쳤기 때문일 것이다. 그 시대에는 그렇게 될 수밖에 없었던 불가피한 상황이 있었을 것으로 보인다. 예컨대 의종의 아버지 인종 때 묘청이 서경천도를 부르짖던 중 평양에서 반란을 일으킨 사건이 있다. 김부식을 보내서 평정케 했다. 여기서 김부식은 문신 출신이오, 묘청은 중이지만 무신 출신이라 자연히 문신 우대, 무신 천대가 더 심했을 것이다. 따라서 의종이 즉위한 후 권력을 유지하기 위해서도 문신들의 눈치를 봐야 했을 것이다.

둔덕면은 고려 18대 왕 의종이 피난을 오면서 생긴 지명이 태반이다. 고려의 임시 도읍지로서 남한에서 고려왕이 거주한 왕성의 역사가 남아 있는 유일한 곳이다. 그런데도 복위하지 못하고 끝내 죽임을 당한 비운의 왕이 의종이다. 오늘날 둔덕면은 지역의 슬픈 역사를 재조명하는 차원에서 의종이 머물다 간 거림리 일대에 고려촌[1]을 만들고 있다. 머지않아 역사와 문화가 함께 살아 숨 쉬는 고장, 둔덕으로 거듭날 것이다.

---

1) 피왕성을 주축으로 고려촌, 동랑.청마기념관, 거제 박물관, 유배문학관, 그리고 산방산과 산방산 비원 식물원 일대를 고려촌 프로젝트라 칭한다.

박영선

# 다리가 기억하는 것들

— 덕호해안길 마을

## 기억 하나. 다리의 묵상

통영시와 거제시 사등면 사이를 연결하는 구 거제대교(형님대교)와
신 거제대교(아우대교)[1]가 이곳에 있다. 형님대교는 청마생가로 바로
향하는 지름길과 같은 통로다. 두 대교는 유행된 옷이나 구두처럼 일

---

1) 구 거제대교는 1965년 5월 착공하여 1971년 4월에 준공하였다. 길이는 740m, 폭 10m 규모로
현대건설에서 시공하였다. 지금은 늘어난 교통량을 해소하고자 길이 940m, 폭 20m 규모의
신 거제대교가 1992년 10월에 착공하여 1999년 4월 22일 개통하여 거제의 명물로 각광받고
있다. 통영반도에서 신 거제대교나 구 거제대교를 건너면 우리나라에서 두 번째로 큰 섬인 거
제도를 만나게 된다. 거제도의 명소 8경 가운데 하나인 '여차-홍포 해안도로'를 찾아가는 길은
크게 두 가지이다. 우선 1018번 지방도를 타고 거제도-동부면-남부면-홍포항으로 가는 길에
서는 거제도 서부지역 해안과 내륙 풍경의 아름다움을 맛볼 수 있다. 또 다른 하나는 4번 국도
를 타고 장승포동-구조라 해수욕장-학동몽돌해수욕장-해금강 입구-여차마을로 접어든다.
이 코스를 이용하면 거제도 동부지역의 해안 절경을 만나게 된다.

통영을 바라보는 이곳의 지명을 견내량²⁾이라고 하는데 예전에는 전하도(殿下渡)라고 불렸다고 한다. 견내량은 고려시대에는 고려 의종이(1170~1173) 만 3년간 거제도로 유배되었던 길이라 하여 유래된 지명이다

반 대중의 심리와 욕망을 그럴듯하게 포장된 풍경이란 없다.

가장 자연과 닮았으면서도 소박한 다리. 두 대교의 경관은 이처럼 명쾌했고 간결하다. 거추장스러운 위엄 대신 다만 묵상의 기도를 하게 된다. 요즘은 워낙 화려한 다리들이 많아 처음 구 거제대교와 신 거제대교를 대면하게 되면 그저 평범하고 소박한 다리로 생각하게 된다. 하지만 애정을 가진 채 자세히, 오래 보게 되면 의미 있는 존재가 된다.

---

2) 임진왜란 때는 옥포해전과 한산해전의 주요 배경지가 되었다. 특히 한산해전은 7월 5일부터 7월 13일까지 견내량에서부터 한산도 앞바다 그리고 안골포 전투를 벌이는 시발점이 되었다. 해방 후 한국 전쟁 때 1950년 UN군 포로수용소 설치로 견내량이 차도 선장으로 이용되기 시작했던 곳이기도 하다.

자세히 보아야 예쁘다
오래 보아야 사랑스럽다
너도 그렇다

— 나태주, 「풀꽃」(『나태주시선집』, 2014. 9.)

애정을 가진 채 자세히, 오래 보게 되면 나태주의 풀꽃처럼 두 거제 대교는 예쁘고 사랑스럽다. 이렇게 소박하고 청초한 대교의 아름다움 앞에 마주 서면 진심으로 마음이 통하는 벗을 만나는 기분이 든다. 대교의 출생은 거제 사람들의 역사와 함께 탄탄히 짜여 있다.

우리는 당나라의 한 시인처럼 "이 세상에 한 사람 지기 있다면, 하늘 끝에 있어도 이웃과 같네."라고 읊조리게 된다. 그래서 이곳에 서면 그 누구나 편안함과 휴식을 확인한다. 화려함과 인위적인 것들이 진정한 자연의 아름다움을 짓밟히는 시대 속에서 자연 그대로인 보물 창고인 '거제대교'로 초대받는 객(客)이 된다.

아름다움의 요체(要諦)는 조화다. 이 아름다움의 조화란 각기 다른 해에 태어난 형님대교와 동생대교, 아울러 그 주변의 환경이 그렇게 '역사'라는 이름으로 함께 계산된다. 무한한 시·공간에 파묻힌 두 형제가 바다를 보금자리 삼아 살아가고 있다.

두 대교에서 바라보던 바다란 세상을 향한 거대한 도서관이다. 그리고 그 속의 책들이란, 조개와 미역, 꽃게, 멍게와 물고기들이다. 그들도 우리와 마찬가지로 바다의 시원한 바람과 부드러운 축복을 함께 나눠 가졌다.

모든 생명을 가진 존재들에게 바다의 생명력이 퍼진다. 이 때문에

덕호해안길은 원시적인 기억을 끌어내는 신비한 묘약 같은 곳이다. 무거웠던 머리와 일상이
한번 매몰됐다 다시 새로운 질서를 잡아가는 기분이다.

우리가 저마다 다른 시공간에서 중심을 잃고서 삐걱 소리를 낼 때도
제자리로 설 수 있는 것이다. 이 거대한 도서관을 대할 때마다 우리의
눈과 코, 귀, 입 등 몸의 모든 감각이 깨어나 살아 움직인다.

　모처럼 찾아온 마음의 평안과 오랜만에 만난 자연이 반가워 몸 안
핏줄의 전선이 몸 안의 전구를 밝힌다. 그래서 눈에 불이 들어오고 자
신과 연결된 신경을 건드려 심장까지 뛰게 하니 몸 안은 아름다운 우
주가 된다. 우리 몸 안의 우주가 깨어난다.

　묵상을 바로 이곳에서 배울 수 있었다. 이처럼 형님 대교와 아우 대
교는 현재의 우리네 삶에 걸쳐 있다. 그래서 우리네 삶을 잘 알고 그
누구보다 더 익히 이해하고 있다. 항구처럼 저 두 대교란 우리에게 삶
의 문지방이었다.

　찾는 이가 잠시 들렀거나 지나쳤을 뿐일 두 대교는 아주 오래전부터

이미 잘 알고 있다는 친근감이 든다. 대교의 난간이며 가로등 그 어딘 가에 우리의 지난 간 다양한 감정들이 속속들이 스며들어 있다는 느낌이 받게 되는 것을.

달리는 차 창문을 열면 바람이 흐트러진 머리카락을 쓰다듬어 준다. 헝클어진 마음이 어느새 말끔하게 평정을 찾고 당신은 조금 가벼워진다. 저 바다의 바람결에 숨소리는 배회했던 지난날의 숙제를 모두 날려 보내니 어느새 무거운 마음도 갈무리된다.

이제는 어제와 다른 낯설고 새로운 시간 속으로 걸어 들어가고 있다. 그렇게 덕호해안길은 원시적인 기억을 끌어내는 신비한 묘약이 있는 곳이다. 무거웠던 머리와 일상이 한번 매몰됐다 다시 새로운 질서를 잡아주는 기분 탓이다. 두 대교의 춤추는 바다 물결을 받아들이는 그 담담한 숙명이 우리의 삶을 조용 바라보게 한다. 이렇듯 두 대교는 오직 모습만 우리와 다를 뿐 생명체처럼 인격 갖추고 있었다.

그래서 바다의 겸손함과 과묵함 때문에 누구나 이곳에 오면 자신도 모르게 묵상의 기도를 하게 된다.

### 기억 둘. 바다의 나이테

식물의 줄기나 뿌리의 단면에는 수피와 목질부 사이에 부름켜가 있다. 굵은 나무의 경우는 수십 개의 나이테가 있기도 하다. 그것을 식물학자는 세포분영의 흔적이라지만 나무 세상에서는 나무의 고통과 시련을 견뎌온 삶의 열정의 나날을 가장 사실적으로 기록된 것이다.

바다 사람들은 바다에게도 부름켜나 나이테 같은 것이 물결에 있다

바다 사람들은 바다에게도 부름켜나 나이테 같은 것이 물결에 있다고 여긴다. 그리고 사람들의 손금이 저 바다와 함께 흘러가지 않을까. 그래서 사람의 역사가 물처럼 흘러가고 또 돌아오는, 반복의 역사가 아닐까.

고 여긴다. 그리고 사람들의 손금이 저 바다와 함께 흘러가지 않을까. 그래서 사람의 역사가 물처럼 흘러가고 또 돌아오는, 반복의 역사가 아닐까.

한 장소에 대한 애정이 켜켜이 쌓여서 그곳이 오래된 인간의 역사로 비유될 때, 그 장소는 한층 더 깊어 보인다. 굵기가 다른 저 물살의 손금을 본 사람이라면 바다 사람들의 강인한 삶을 어찌 존경하지 않을 수 있을까.

고단함에 젖은 통통배가 물 위로 발 도장을 새기며 길을 냈다. 배들마다 새겨 놓고 간 배 발자국이 수없이 물결을 새기며 흐르고 있다. 두 대교와 하늘과 바다는 언제나 함께 푸르러 간다. 그래서 이곳에 서면

물결 위에는 많은 이의 사연을 안고 오늘도 흘려보내고 있다. 우리의 삶이 이 바다에 있었다. 세상에서 가장 든든한 친구가 바로 여기에 있었다.

누구나 두 대교에게서 위로를 받는다.

그러고 보니 우리의 몸 속에 있는 바다의 나이테는 지금도 또 다른 테두리를 하나 더 새기는 중이다.

물결은 많은 이의 사연을 안고 오늘도 흘려보내고 있다. 그래서 우리의 삶이 이 바다에 있었다. 세상에서 가장 든든한 친구가 바로 여기에 있었다.

허공에 걸린 누군가의 슬픔, 또 누군가의 노래, 그리고 또 어떤 누군가의 실패까지도 감당해온 무거운 시간만큼, 감당해야 할 시간만큼 저 바다와 함께 흘러보낼 용기가 생긴다.

그러다가도 우리는 어느 순간 용기를 잃고 다시 찾기를 반복한다. 우리는 이처럼 삶의 발목 잡혀 무참하게도 벌목되는 숲처럼 심어졌다,

뽑혀졌다, 베어졌다 반복하는 것이다.

우리에게 바다란 삶의 항구 같아서 삶의 문지방 앞에서 내뱉었던 수많은 독백. 우리의 독백을 그저 묵묵히 들어만 주는 두 거제대교가 있으니 우리의 삶은 결코 지친 삶의 연속은 아니었다. 우리의 몸속에는 바다의 나이테가 아주 굵은 나이테를 하나 더 새기며 성장하고 있는 중이니까.

## 기억 셋. 어둠의 다른 말, 재생

저녁 무렵 바다는 벼들이 떠난 빈 들녘처럼, 이제 그는 빈 몸이다. 바다도 점령당한 들판처럼 바람만 가득한 채 홀로 외롭다. 홀로 흘러가는 바다에게선 이젠 외로운 노인의 냄새가 난다.

어둠은 먼 산자락부터 감싸며 내려앉는다. 역설적이게도 어둠이 깊어질수록 바다는 더욱 안정감을 지닌다. 어둠이 깊어질수록 자연이나 인간이 모두 편안해진다는 것을. 그래서 밤이 주는 달콤함이 어둠을 통해 내게 오는 것이다. 찾는 이 없는 소박한 집의 낮처럼 바다는 적막하다. 그래서 어둠과 적막함은 누구나 당연하게 생각하는 것들에 대한 의문을 던지고 품게 되는 사색형의 사람을 키운다.

의문을 나타내는 표지인 물음표 모양에 대한 의견들이 있다. 어떤 이는 로댕의 조각 작품 〈생각하는 사람〉처럼 고개를 숙인 채 사색에 빠진 사람의 모양을 본뜬 것이라 했다. 또 어떤 이는 귀의 모양을 그린 것으로 사람이 무엇을 잘 들으려고 할 때 귀 기울이는 형상을 나타낸 것이라고도 했다.

저녁 무렵 바다는 벼들이 떠난 빈 들녘처럼, 이제 그는 빈 몸이다.

문득 깨닫는다. 묻고 싶고 찾고 싶은 것 어둠 속에서 가능했다는 것을. 그동안 우리는 모두 완전한 어둠을 그리워하고 필요했다는 것을. 달콤한 잠의 시간이 필요했다는 것을. 빛들의 잔치인 도시에서는 완전한 어둠과 대면하기란 어렵다. 도시에서의 어둠이란 언제나 지하로 유배당하고 싸늘함과 탁한 지하공기뿐이다.

색채의 마술사 전혁림과 샤갈의 파랑이 여럿이듯 어둠에도 여러 빛깔이 있음을 깨닫는다. 어머니의 태 같은 따뜻한 동굴인 덕호해안길의 생리(生理) 때문에 이곳이 더욱 특별하다. 그래서 어머니의 자궁을 찾아, 완전한 어둠을 찾아 이곳으로 돌아온다.

밤 동안 바다가 하는 일이란 멈추지 않았다. 어둠 속에서 묘하게 수많은 탄생이 기다리고 있다. 아주 오래전부터 새들은 이곳에서 사랑을 나누며 거제도 사람들의 젖줄인 굴들은 오늘도 번식하여 자식을 낳았다. 또한 멍게는 바다의 내장 속에서 붉은 꽃들을 피우며 있을 것이고, 조개는 진흙 속에서 꿈틀거리고 씨앗을 뿌린다.

그렇게 바다의 어둠 속에서 더욱 새 생명이 자랄 것이다. 그리고 자연의 섭리에 맞춰서 생명을 번식해 나갈 것이다. 또한 각자의 인생 앞에서 자연이 주는 고단함의 무게를 거절하지 않고 소금 섞인 습기 속에서 차가운 입김을 분명 내뿜고 있을 것이다. 분명 그럴 것이다.

해가 기운다. 기울기 시작하면 빛은 짧아지고 어둠은 길어진다. 겨울이 시작된 것이다. 저물어가는 들판을 밝히는 황혼의 꽃들이 있기 전, 이곳의 봄, 여름도 그 얼마나 아름다웠던가. 들판의 억새와 갈대가 지나가는 찬바람에 부대낀다. 억새와 갈대도 바다 냄새를 맡는다.

한 해 저물어가는 하루, 그 마지막 빛을 받은 금빛 억새는 머리의 갈기를 흔들어 이미 검푸른 그늘에 잠긴 들판 멀리 노을빛을 흩어 보낸다. 이윽고 빛이 사위어지면 사방은 적막해진다.

겨울 바다의 코발트블루와 쪽빛이 눈부시게 시린 풍광을 연출하는 흰 포말이 기암절벽을 두드리는 곳에서 바다낚시 하는 태공들이 있는 풍경이 있는 곳. 그 아름다운 풍경 사이로 바다와 나란히 달리는 드라이브 길이 있는 곳이 바로 덕호해안길이기도 하다.

저녁 무렵 바닷물에 절인 푸른 별들은 어둠 속에서 수많은 방의 창문을 기웃거린다. 저 수많은 방중 그 누군가가 별의 손에 이끌려 나올 것이다. 그리고는 바닷물이 피워 올린 안개와 어둠이 허문 세상의 경계를 발견할 것이다. 물은 하늘과 바다의 경계를 지우고 모두가 하나 된다. 어둠이 세상의 경계를 지운 것이다. 겨울이 지나고 봄이 찾아오

물은 하늘과 바다의 경계를 지우고 모두가 하나 된다. 어둠이 세상의 경계를 지운 것이다. 어둠에서 마악 깨어난 한 세계를 바라보는 것만으로 하루의 경작은 충분하리라. 그래서 어둠은 늘 재생(再生)이며, 현재진행형이다.

듯이 밤이 지나고 나면 아침은 올 것이다.

봄날 해빙이 찾아오듯, 아침이 오면 어둠은 입을 닫고 아침은 모락모락 무어라 말하기 시작할 것이다. 어제보다 분명 더 넓어진 잎사귀, 어제보다 굵어간 줄기, 둥글게 맺히기 시작한 열매, 그러나 이와 반대로 시들기도 하는 꽃망울.

어둠에서 깨어난 한 세계를 바라보는 것만으로 하루의 경작은 충분하리라, 그래서 어둠은 늘 재생(再生)이며 현재진행형이다.

윤일광

# 아지랭이(阿支浪) 마을

거제 둔덕면 어구리 남동쪽의 제일 끝 마을이 '아지랭이 마을'이다. 표준어로는 아지랑이 마을이라야 맞지만 지금도 이쪽 사람들은 아지랭이 마을이라고 부르고 있다. 한 산도와 가장 가깝게 인접해 있고 저녁노을이 아름다운 곳으로 알려 졌다.

전에는 한산도가 거제도에 속한 땅이었고, 한산도와 거제는 서로 빤히 보이는 가장 가까운 곳이라 이곳 사람들은 이웃같이 왕래하면 서 친하게 지냈다. 그런 탓으로 거 제와 한산도 사람 간에 혼사가 많

아 서로 사돈지간이 되는 경우가 많았다.

　　한산도 처녀 인물이 좋아
　　거제 총각 바람났네
　　연해 욕지 한바다에
　　임을 찾아 떠난 배야
　　임을 싣고 오실 적에
　　우리 님도 싣고 오소

이런 노랫가락이 남아있는 것으로 보아 한산도 처녀들은 얼굴도 곱고 마음씨도 착하고 일도 잘해 며느릿감으로 인기가 높았던 모양이다. 그래서 거제 총각들은 한산도 처녀를 색시로 맞이하기 위해 안달이 났다.

어느 때 일이다. 지난가을에 한산도에서 시집온 색시가 이듬해 봄이 되자 친정 나들이를 가게 되었다. 친정 부모님과 가족들에게 줄 차반을 준비해서 나루터에 나왔는데 마침 그날따라 아무리 기다려도 배가 오지 않았다. 친정 간다고 나왔는데 다시 시댁으로 돌아가기도 뭣하고 해서 색시는 바닷가 바위틈 밑에서 하룻밤을 새우고 내일 아침에 배가 오면 떠나려고 생각했다.

간혹 늦은 시각에 배를 기다리다 배가 오지 않으면 바위틈 공간에 들어가 밤을 새우는 일이 종종 있었다. 그런데 마침 그때 어떤 중도 나룻배를 타러 나왔다가 배가 없으니까 이곳저곳을 두리번거리다가 색시가 있는 바위틈 바로 위에 자리를 잡고 누웠다.

당시 중들은 마을의 부녀자들을 희롱하거나 마음에 들면 업어 갈 때였다. 외진 나루터에서 젊고 예쁜 새색시를 중이 보았다면 그날 밤 그냥 두지 않았을 것이 뻔했지만 다행히 중은 색시를 보지 못했다. 그러나 색시는 중이 옆에 있다는 것을 알고 있었기 때문에 밤새 마음을 졸이며 뜬 눈으로 지새워야 했다.

중은 그날 밤 바람결에 풍기는 여인의 살 냄새로 잠을 이루지 못하고 뒤척거렸다. 자기가 누운 바로 아래 여인이 있다는 것을 상상도 하지 못한 채 여인의 살 냄새는 봄이 되어 불어오는 꽃냄새로만 여겼다. 색시는 색시대로, 중은 중대로 온갖 망상이 스치고 지나간 밤이 지나고 두 사람은 다음 날 아침 나룻배를 탔다.

배를 타고 나서야 새색시는 "휴"하고 안도의 한숨을 길게 뿜어낼 수 있었다. 만일 지난밤에 중이 바로 곁에 여인이 있는 줄 알았다면 인적이 아무도 없는 곳이라 틀림없이 겁탈하려 했을 것이고, 이를 반항하려는 여인을 죽였을지도 모른다고 생각하니 참으로 아찔한 일이었다. 그 후부터 이곳을 아찔아찔하게 넘겼다 해 '아찔이 고개'라고 불렀고, 세월이 지나면서 '아지랭이 마을'로 바뀌었다.

이곳이 우리나라의 최남단으로 제일 먼저 봄이 오기 때문에 꽃이 먼저 피어난다고 '꽃바구미마을'이 있고, 꽃이 함박 웃는다고 '함바구미마을'도 있다. '아지랭이 마을' 또는 '아지랑(阿支浪) 마을'은 지역이 뾰

족하고 언덕이 가파른 갯마을이라는 뜻이 있지만, 아지랑이가 다른 곳보다 먼저 생겨난다고 해서 붙여진 이름일지도 모른다. 그러나 이름 속에 그럴듯한 이야기가 담기면서 우리에게 더 친숙한 이름으로 불리고 있다.

윤일광

# 밤개(율포) 이야기

거제 동부에 사는 팔십 된 노인이 죽기 전에 강원도 금강산 구경이나 하자고 길을 나섰다. 세상에서 가장 좋다고 소문난 금강산이지만 동부노인은 생각만큼 마음에 들지 않아 반쯤 올라가다가 되돌아 내려오는데 어떤 노인이 정자에 앉아 있었다.

"금강산이 좋다고 해서 왔는데 별 구경거리가 되지 않아 돌아가려고 하는데, 혹시 어디 좋은 곳이 있으면 알려주시오." 하고 말을 걸었더니 그 노인이 "이쪽으로 조금만 올라가면 굴이 하나 있을 거요. 굴 안에는 들어가지 말고 바깥에서 구경만 하시오." 하기에 가리킨 곳으로 얼마쯤 올라가니 정말 굴이 나타났다.

들어가지 말라고 하니 왠지 더 궁금해서 안으로 들어갔다. 거기는 새로운 세상이 펼쳐지고 있었다. 마침 거기에도 한 노인이 정자에 앉아 있기에 더 좋은 구경거리가 없느냐고 묻자, 노인은 위로 더 올라가

율포진 지도(1,800년대 동부면)

면 꽃밭이 있을 텐데 꽃밭 안에는 들어가지 말고 밖에서만 보라고 일러주었다.

시키는 대로 좀 더 올라가니 거기에 멋진 꽃밭이 있었다. 동부 노인이 생각하기를 아까도 굴에 들어가지 말라고 했는데 들어가니 새로운 세상이 있었듯이 꽃밭에도 들어가면 더 좋은 것이 있을 것으로 생각하고 안으로 들어갔다. 꽃밭 가운데 있는 정자에 열댓 살 되어 보이는 여자아이가 바느질을 하고 있었다. 동부 노인은 다리도 아프고 해서 잠시 쉬어가려고 정자 마루에 걸터앉았다.

앉자마자 그 여자아이가 물구나무를 넘더니 여우로 변해 잡아먹으려고 했다. 동부 노인은 내가 잠시 다녀올 곳이 있으니 그동안만 살려 달라고 빌었다. 여우는 그럼 봇짐을 맡겨 놓고 빨리 다녀오라고 했다.

동부 노인은 아까 꽃밭을 가르쳐 준 노인에게 달려가서 "날 좀 살려 주시오." "허허허, 내가 당신을 살려줄 수 있다면 25명이나 되는 우리 식구들을 구여시(여우의 방언)한테 잃었겠소. 그런데 혹시 그동안 적선한 일이 있소?" 하고 물었다.

가만히 생각해 보니 언젠가 마을 사람들이 남생이를 잡아 불에 구워 먹으려는 것을 보고 돈을 주고 사서 살려준 기억이 나서 말했더니, 노인은 종이에 무슨 글을 써주며 강에 가서 던지라고 했다. 동부 노인이 시키는 대로 하자, 잠시 후 큰 배가 한 척 나타나더니 동부 노인을 태우고 물속으로 데려갔다. 동부 노인이 살려준 남생이가 용왕의 아들이었던 것이다.

용궁에는 구여시의 심부름꾼으로 구여시가 잡아먹을 사람의 명단을 가진 중이 있었다. 용왕이 중이 가진 1,000장의 명단 가운데서 동부 노인의 이름이 적힌 종이를 빼내었다. 그것 때문에 구여시는 999명의 사람을 잡아먹고 동부 노인 한 사람만 더 잡아먹으면 사람으로 환생할 수 있었는데 못하고 용왕이 내린 불벼락을 맞고 죽었다.

용왕은 동부 노인에게 집에 가거든 밤나무 1,000그루를 심어 숲을 만들라고 시켰다. 동부 노인이 돌아와 집과 산에 밤나무를 빽빽하게 심었다. 사람으로 환생하지 못한 구여시 넋이 호랑이 몸에 들어가 동부 노인을 잡아먹으러 왔다. 그런데 나무를 다 세야 안으로 들어갈 수 있는데 나무가 많아 세는 데 시간이 걸렸다.

밤나무를 세고 있으면 그 사이에 있던 잡목들이 "나도 세라. 나도 나무다." 하며 훼방을 놓는 바람에 실랑이가 벌어졌고 그럴 때마다 헤아린 숫자를 까먹어 다시 세야만 했다.

결국 밤나무를 다 세지 못하고 새벽이 되자 구여시 넋은 재로 변해버렸고, 동부 노인의 자손들은 그곳에 터를 잡고 잘 살았다고 한다.

이 밤나무 때문에 마을 이름이 '밤개'가 됐고 한자 이름으로는 동부면 '율포(栗浦)'다.

윤일광

# 학동바다 용바위 이야기

먼바다에서 학동 마을을 바라보면 노자산과 가라산이 양쪽 날개를 펴고 바다를 향해 날고 있는 학(鶴)을 닮아 있는 형국이다. 산 아래로 뻗어 있는 학동 뒷산이 학의 머리에 해당하기 때문에 학동이라는 마을 이름이 생겨났다.

학동 마을 바닷가는 약 1.6km의 해안선인데 여기에 흑진주같이 검고 고운 몽돌이 지천으로 깔려 있고, 오른쪽으로 십리 길에는 자연산 동백나무가 군을 이루고 있는 천연기념물 보호지구다. 거제에서 가장 아름다운 곳 중의 한 곳이다.

학동 마을에서 해금강 쪽으로 바닷가 끝 지점쯤에 용(龍)머리를 닮은 바위가 우뚝 서 있는데, 이 바위를 사람들은 '용바위' 또는 '용두암'이라 부른다. 사람들은 여기가 용궁으로 가는 수문장이 버티고 있는 입구라고 생각하고 있다.

학동 흑진주 몽돌해변가에 있는 용바위

바람이 심하게 불고 파도가 높이 일면서 검푸른 물빛이 바다를 뒤덮을 때면 이 용바위에서 소름 끼치는 울음소리가 들린다고 한다. 어떤 어부가 풍랑을 당해 간신히 살아 이 바위 아래까지 떠밀려 왔는데, 정신을 차려 보니 바위 아래로 길이 있고, 그 길을 따라 내려갔더니 용궁이었다고 한다. 용궁에는 꽃과 향기로 가득했고 아름다운 처녀들은 곡조에 맞춰 다듬이질을 하고 있었고, 남자들은 글을 읽고 있는 소리가 어찌나 낭랑한지 꿈과 같았다고 했다.

사람들의 이야기로는 이 바닷속에 사는 용왕에게 두 아들이 있었다고 한다. 용왕은 옥황상제께 부탁을 하여 두 아들을 하늘의 용이 될 수 있도록 약속을 받았다.

하루는 용왕이 두 아들을 불러 놓고 "너희들은 바다의 용이 아니라 이제부터 하늘의 용이 될 수 있는 길이 열렸단다. 이 좁은 바다보다는 넓은 세계로 나가 좋은 일을 하도록 하여라. 내일 아침에 무지개가 다리를 놓아줄 것이다. 그 무지개를 타고 용궁을 떠나도록 하여라." 하고 여의주 두 개를 꺼내 각각 한 개씩 나누어 주었다.

그런데 동생은 착한데 형은 아주 욕심꾸러기였다. 동생과 함께 용이 되는 것보다는 혼자 독차지 하고 싶었다. 그래야만 더 많은 권세를 가질 수 있다고 생각했기 때문이다. 형은 아침 일찍 무지개가 뜰 때를 노리고 있다가 무지개가 뜨자 얼른 동생의 여의주까지 챙겨 하늘길로 올랐다.

형이 무지개를 타자 자꾸 무지개가 휘청거렸다. 여의주 두 개의 무게로는 무지개다리를 건널 수가 없었기 때문이다. 그것도 모르고 하늘로 가기 위해 허우적거리다가 용왕에게 들키고 말았다.

"네 이놈! 그런 욕심으로 하늘의 용이 될 수 있겠느냐? 죄를 뉘우칠 때까지 벌을 내리겠노라."

용왕은 동생을 오색 무지개에 태워 하늘로 보내고 형은 학동 바닷가에 바위로 변하게 하였다. 그리고 용궁으로 들오는 길을 지켜보도록 명령했다. 형이 자기 죄를 뉘우치고 욕심 없는 마음이 될 때야 용바위의 벌은 풀어지고 승천할 수 있다고 한다. 그래서 사람들은 이 바위가 없어지면 아마 그때는 바위가 되었던 형이 용으로 승천했을 것이라고 말하고 있다.

고기가 잘 잡히지 않거나 마을에 큰 재앙이 생기면 마을 사람들이 이 용바위에 와서 용왕제를 지냈다. 용바위가 된 형이 적선을 베풀기 위해 마을 사람들의 소원을 들어주어 고기가 잘 잡히고 마을의 재앙도 깨끗하게 풀리게 한다고 믿었기 때문이다. 아직도 날씨가 궂거나 바람이 불고 파도가 치면 용바위의 애달픈 울음소리가 들린다고 한다.

최대윤

# 죽림마을 돌벅수

## 벅수(장승)처럼 살고 싶다

수십 년 전만 해도 마을 어귀마다 또는 중요한 길목을 지키던 '장승'
은 지금은 보기 드문 얼굴이 됐다. 특히 민속촌 즈음이나 가야 만날 수
있는 '장승' 중 '거제산(巨濟産)'은 특히 드물다. 경상도 해안 지역과 전
라도에서는 장승을 벅수, 벅슈, 벅시 등으로 불렀다고 한다. 벅수는 법
수(法首) 또는 법슈에서 유래됐다고 전하는데 이는 우리 조상들이 '법
수'를 '신선' 또는 '선인'으로 여겼기 때문이다. 벅수는 나무나 돌을 다
듬어 사람 모양의 형상물(形象物)을 마을이나 절의 들머리 또는 고개
등지에 세웠던 일종의 수호신격이었다.

또 예부터 우리 조상들에게 신령한 존재로 여겨 제를 올리고 치성
을 드리는 신앙의 대상이라는 점에서 할아버지, 할머니, 당산, 하루방,

죽림 미륵당(彌勒堂) 돌벅수

천하대장군, 수살, 돌미륵, 신장 등의 여러 가지 이름을 갖고 있다. 광주박물관에서 발간한 『벅수 信仰 現地調査』(신앙 현지조사 · 1985년)에는 1980년대 중반까지 있었던 거제지역의 벅수 자료를 일부 싣고 있는데 당시까지만 해도 일운면 망치리, 거제 삼거리, 양정리, 하청면 어온리에 벅수가 있었고 정월 1일이나 15일, 또는 섣달그믐 벅수제를 지냈다고 한다. 그러나 30여 년이 지난 현재 거제지역에서 벅수나 장승의 전통을 찾아보기란 쉽지 않다.

세월의 물결 속에, 신작로의 확장에, 신앙의 다양화에 벅수는 굳건히 서 있어야 할 마을 어귀에서, 또 마을 사람들의 기억에서 점점 사라져 갔기 때문이다. 그나마 거제에서 유일하게 벅수에 대한 신앙과 풍속이나 흔적이 온전히 남은 곳을 꼽으라면 거제면 죽림마을을 들 수 있다.

죽림마을의 벅수는 미륵당(彌勒堂) 돌벅수라고 부르는데 죽림마을 미륵당에 벅수가 언제 만들어졌는지에 대한 자세한 기록은 없다. 다만 죽림 마을 사람들은 당집 안의 벅수를 '할매미륵'이라고 부른다. 할매미륵은 바다를 등진 북쪽을 바라보고 있는데 생김새는 소박하면서도 투박하다. 머리 부분은 그나마 그런대로 모습을 갖췄지만, 목 아래로는 팔과 다리도 제대로 알아볼 수 없을 정도인 상태다.

『전국문화유적총람』에 따르면 원래 미륵당은 기와로 만든 사당이었지만, 1970년대 허물어져 마을 청년회에서 시멘트로 다시 만들었다고 한다. 보통 암수를 이루는 여타의 벅수와 달리 그동안 죽림 미륵당 벅수는 암벅수(할매벅수)만 존재하는 것으로 알려졌다.

마을 사람들은 미륵당 앞바다에 바닷물이 빠지면 북쪽 편에 머리 없이 누워 있는 또 다른 벅수를 볼 수 있다는 이야기를 구전으로 전해 들었을 뿐 수벅수(할배벅수)의 실체를 본 마을 사람들은 없었다.

그러다 지난 2003년경 통영문화원에서 미륵당 앞 옛 부둣가 터 바다에서 또 다른 벅수로 추정되는 돌이 발견됐다. 수벅수의 존재가 확인된 것이다. 하지만 마을 사람들의 말로는 안타깝게도 수벅수가 발견된 이후 아직까지 수벅수의 인양작업은 없었단다.

거제죽림 마을의 수벅수가 위치한 곳은 이후 마을 사람들의 기억에서마저 점점 잊혀 가고 있어 또 다른 구전이 되고 있는 셈이다. 죽림마을 미륵당 수벅수가 있는 위치는 대략 미륵당 벅수가 바라보는 곳이라

죽림마을 포구. 어해정(禦海亭)이 설치됐던 곳으로 '할배 벅수'가 수장돼 있다고 한다.

고 한다. 죽림 마을의 벅수는 옛 거제의 민간신앙뿐만 아니라 실존 인물과 역사를 담고 있다는데서 더욱 가치가 있다.

경상도와 전라도 지방의 벅수는 제주도의 돌하르방이나 내륙 지역의 장승과 달리 민간신앙의 기능 외에 또 다른 기능이 있었다고 한다. 조선 시대 수군이 배를 묶어 두는 계선주(선박 접안 시 계류용 밧줄을 걸기 위한 기둥)의 역할과 야간에 염탐하는 적에게 보초처럼 보이기 위한 기능이 그것이다. 조선 시대 죽림마을은 어해정(禦海亭)이 설치돼 전함과 수군을 주둔시키고 수군 운영에 필요한 기구 및 병기와 식량 등을 보관했다.

따라서 죽림마을 돌벅수는 민간신앙의 대상은 물론 조선시대 군함을 묶었던 계선주의 역할을 했던 벅수일 가능성이 크다. 전남 여수에도 죽림마을 벅수와 같이 바닷가에 계선주 역할을 한 벅수가 있는데, 거북선이 제작된 여천선소 유적에서 발견된 6기의 벅수가 그것이다. 조선시대 어해정과 돌벅수의 풍경도 궁금하지만 할배벅수와 할매벅수는 어떤 사연이 있길래 바다와 육지에 각각 떨어져 지내게 된 걸까?

## 할매미륵과 거제의 김만덕 '곤발네 할매'

죽림마을 미륵당 벅수에겐 또 다른 이야기가 하나가 더 있다. 120여 년 전 불우이웃돕기로 마을의 빈곤한 어린이들의 생명을 지킨 '대숲개 곤발네 할머니' 이야기다.

죽림 마을은 '대숲개'라고 불리는데, 대숲개라는 지명은 죽림마을 항구가 내간덕 들판과 거제만을 대나무 삼태기에 감싸듯 한 지형을 하고 있어 지형에 따라 지명이 붙었다는 이야기와 말 그대로 마을 뒤편 대나무 숲의 지명에서 따 왔다는 이야기가 있다.

곤발네 할머니의 곤은 빈곤할 곤(困)에 발은 허술한 옷 또는 초가집이라고 전하는데, 이는 마을 사람들이 할머니를 부르는 별칭으로 70 평생을 작은 오두막 초가에서 검소하고 외롭게 살다간 할머니의 삶을 표현한 것으로 보인다. 곤발네 할머니의 일생은 1794년 가을 제주도에 태풍으로 흉년이 들었을 때 자신의 재산을 풀어 굶어 죽는 제주도민을 살려낸 거상 김만덕의 삶과 닮았다.

곤발네는 젊어서 남편을 잃고 자식 없이 오두막 단칸방에서 홀로 지내면서 새벽부터 늦은 밤까지 밭일과 고기잡이 뒷일, 그리고 바느질해

죽림마을 입구 표지석 뒷면에 기록한 '곤발네 할매' 설화

서 받은 품삯을 차곡차곡 저축했다. 세월이 흘러 칠십이 넘은 곤발네
는 모아둔 돈으로 밭을 사 수수와 조를 심었는데 마침 그해 흉년이 들
어 굶는 사람이 많았다. 1885년 고종 22년의 일이다.

큰 흉년에 어른들은 칡을 캐고 해초를 뜯어 힘들게 살아갔지만, 아
이들은 굶주림에 허덕였던 터라 이를 안타깝게 생각한 곤발네는 밭에
서 수확한 수수와 조로 밤새 몰래 엿을 만들기 시작한다.

곤발네 할머니는 엿을 아이들에게만 먹일 생각으로 깨끗이 씻은 오
줌통에 엿을 넣어 담장 밑 뒷간 옆에 숨겨 두고, 어른들이 일을 나간
사이에 이집 저집 돌아다니면서 굶주림에 허덕이고 죽어가는 아이들

에게 엿을 나눠줬다. 그리고 엿을 받은 아이들에게 엿을 얻어먹었다는 이야기는 비밀로 하라는 당부도 잊지 않았다. 엿이 있다는 사실을 알면 굶주린 어른들이 찾아와서 아이들이 먹을 엿을 나누어 달라고 할 것을 염려해서다.

대숲개 할머니의 선행은 이듬해 봄나물을 뜯어 끼니를 해결할 수 있을 때까지 계속됐다. 훗날 곤발네 할머니의 이야기는 오히려 아이들을 타이르는 말로 바뀌었는데, 마을 부녀자들이 아이들이 말을 잘 듣지 않고 게으르고 먹기만 하며 "너는 대숲게 곤발네 할머니 집으로 가거라. 가서 아무 일도 하지 않고 있으면 오줌통에 담아 놓은 엿을 줄 테니까." 하면 아이들은 엿을 먹고 싶지만, 오줌통이란 말에 비위가 상해 "싫어요."라고 했다고 한다.

곰발네 할머니는 매일 같이 치성을 드리는 일을 게을리하지 않았는데 그곳이 바로 죽림 마을 미륵당의 돌벅수라고 전하며 마을 사람들은 이 돌벅수를 '할매미륵'이라 부른다.

인심이 점점 각박해져만 가는 현대의 거제사회에서 '곤발네 할매'의 봉사정신을 계승하고 실천하고 거제의 문화 관광자원으로 활용해 봄 직하다.

또 아이들의 교육을 위해서라도 곤발네 할매의 얼이 깃든 죽림 마을의 미륵당을 한 번쯤 찾는 일은 괜찮을 듯하다.

* 참고자료: 『벅수 信仰 現地調査』(광주박물관) 『전국문화유적총람』 『벅수와 장승』 『거제시지』 『거제향토문화사』 『거제도농촌표본조사』

Story 3

# 거제도 음식

김정순

정현복

김정순

# 바다에 피는 봄꽃
— 멍게

거제의 봄은 붉다. 동백꽃 붉은 입술이 열리고 샛노란 잇몸을 드러내면서 거제의 봄은 시작된다. 겨울을 보내면서 붉어지기 시작한 동백은 이삼 월이면 절정을 맞는다. 섬도 바다도 덩달아 붉어진다. 그러다 동백꽃이 툭, 툭 몸을 내려놓기 시작하면 바다는 다시 제 빛깔로 돌아오느라 몸을 뒤척인다. 하지만 그것도 잠시, 바다는 다시 붉어진다. 바다의 봄, 멍게가 동백의 뒤를 이어 거제의 봄을 절정으로 이끌기 때문이다. 멍게 특유의 쌉싸래한 맛은, 잃었던 입맛을 되찾게 해주는 봄의 또 다른 선물이기도 하다.

멍게와의 첫 만남은 결혼한 그해 봄이었다. 이웃집 언니와 함께 간 시장에서 멍게를 처음 만났다. 모양새부터가 특이했다. 울퉁불퉁 돋은 돌기의 붉은 겉껍질이 영 이상해 손사래를 쳤다. 하지만 멍게 사랑이 남다른 언니 앞에서 처음부터 내게는 선택권이 없었는지도 모른다. 지

금이 멍게 철이라 제일 맛있을 때라는 말을 여러 번 강조했다. 한번 먹어보면 그 맛에 반해 반드시 다시 찾게 될 것이라고도 했다. 당뇨와 고혈압에 좋고, 노화 방지에 다이어트 효과까지 멍게에 대한 언니의 설명은 맛에서 효능으로 끝이 없었다. 그냥 지나칠 수 없는 유혹이었다.

언니의 손놀림을 곁눈질해가며 껍질을 까는데 만만치가 않았다. 너덜너덜 살이 찢어지고 터졌다. 그뿐이 아니다. 깨끗이 씻는다고 너무 오래 씻어도 문제였다. 단맛이 다 빠지고 탄력도 없어졌다는 언니의 나무람이 무슨 뜻인지 그때는 이해하지 못했다. 손질한 멍게에 초고추장을 듬뿍 찍어 입에 넣었다. 순간, 독특한 향과 함께 쌉싸래한 맛이 입안 가득 퍼졌다. 나도 모르게 얼굴이 찌푸려졌다. 향 때문인지, 쌉싸래한 뒷맛 때문인지 알 수 없었다. 어쨌든 처음 먹어본 멍게 맛은 도무지 가까워질 것 같지 않은 낯섦으로 다가왔다. 하나 멍게 맛에 흠뻑 빠

지게 되는 데엔 시간이 그다지 오래 걸리진 않았다.

봄이면 거제도 어느 횟집을 가든 회보다 앞서 나오는 여러 음식들 가운데 늘 멍게가 있었다. 첫인상이 좋지 않았던 탓에 선뜻 손이 가지 않았다. '섬에 살면서 바다의 봄맛을 모르면 되겠느냐'는 남편의 잦은 권유에 한 번 두 번 먹다 보니 낯섦은 점점 익숙함으로 바뀌어 갔다. 익숙함이 거듭되자 얼굴을 찌푸리게 했던 멍게의 독특한 맛과 향을 즐길 줄 알게 되었다. 싱싱한 멍게 회 한 접시를 먹고 있는 동안은 입안에 바다를 고스란히 품게 된다는 사실 또한 알게 되었다. 어찌 되었든 나는 그 봄이 다 가기 전에 멍게 맛에 흠뻑 빠져들었다. 멍게비빔밥 맛을 본 건 그 후 두어 달이 더 지난 후였다.

초고추장에 찍어 회로 먹는 게 내가 아는 멍게요리의 전부였던 터라 놀랍고 새로웠다. 하얀 쌀밥 위에 곱게 채를 썬 당근과 오이 배 등 빨갛고 노란 야채들로 색깔 맞춰 담았다. 그 가운데에 잘게 자른 멍게

상큼한 봄바다를 만날 수 있는 멍게비빔밥

를 담고, 멍게 위에 붉은 초고추장과 깨소금을 올렸다. 마치 만개한 꽃송이를 마주한 듯했다. 비벼서 흩트리기엔 너무 아까운 모양새라 잠시 쳐다보고만 있었다. '보기 좋은 떡이 먹기도 좋다'고 했던가. 저절로 고이는 침을 삼키며 젓가락으로 고루 비벼 한 숟가락 입에 넣었다. 입안 가득 멍게 향이 퍼졌다. 새콤달콤한 초고추장과 아삭아삭 씹히는 야채, 쌉싸래한 멍게 맛이 기분 좋게 혀끝에 감겼다. 날(生)것에서 느껴지는 상큼함이 오롯이 전해졌다. 거기에 홍합을 다져 넣고 끓인 미역국이 멍게비빔밥 맛을 배가시키는 역할을 했다. 비빔밥 한 그릇을 다 비울 때까지, 상큼한 봄 바다가 몇 번이나 들어왔다 나가기를 반복했는지 기억나지 않는다.

날 것의 상큼함보다 곰삭은 듯 깊은 맛이 그리울 땐 숙성시킨 멍게로 만든 비빔밥이 제격이다. 멍게를 숙성시켜 만든 멍게비빔밥은 계절을 가리지 않고 일 년 내내 먹을 수 있는 장점을 갖고 있다. 숙성시킨

멍게를 냉동고에 얼려두었다가 먹기 직전에 얇게 썰어 따뜻한 밥 위에 올린다. 뜨거운 밥 위에서 사르르 녹아드는 멍게에 참기름, 깨소금, 김을 넣고 비빈다. 밥을 비비면 비빌수록 밥알은 멍게 빛깔로 노랗게 물이 들고, 멍게 향은 더 깊게 밴다. 더 깊어진 맛에 참기름이 더해져 고소한 풍미가 입안 가득 퍼진다. 다 먹고 난 후 한참 동안을 행복한 기분에 젖게 하는 맛이다. 함께 나오는 맑은 생선탕은 담백하고 개운한 맛이 일품이다. 자칫 느끼할 수 있는 참기름의 고소함을 맑은 국물이 은근히 눌러주는 역할을 한다. 제각각 따로 두어도 일품인 둘은, 그러나 함께했을 때 맛을 더 배가시키는 찰떡궁합이다.

미각은 인간이 느끼는 감각 중 심장의 가장 깊숙한 곳에 자리한다. 그래서 맛있는 음식을 먹을 때 가슴이 뛰고 행복한 기분이 드는 것이다.

봄을 기다리는가. 이른 봄꽃이 피었다 지고 나면, 멍게가 바닷속에

바다의 파인애플이라 불리는 멍게

서 몸을 일으켜 물 밖으로 꽃을 피워 올리기 시작한다. 울퉁불퉁한 돌기 하나하나에까지 바다향을 가득 품고 붉은 꽃으로 피어난다. 동백꽃이 툭, 툭 몸을 내려놓는 봄날, 바다향이 그립거나 입맛을 잃게 되면 멍게 회를 드시라. 싱싱한 멍게에 새콤달콤한 초고추장을 듬뿍 찍어 한입 크게 드시라. 쌉싸래한 멍게 회 한 점이면 그리운 바다향도, 잃었던 입맛도 되찾게 될 터이니. 멍게비빔밥은 또 어떤가. 밥알에 멍게물이 진하게 배도록 잘 비벼서 드시라. 조금씩 말고, 마치 바다를 입안에 품듯 한입 가득 드시라. 그래서 바다의 붉은 봄꽃들이 뿜어내는 향기를 온몸으로 느껴보시라. 하면 거제도의 봄이 오롯이 그대 것이 될 터이니.

정현복

# 거제멸치, 그 위대함에 대하여

봄이 왔다. 올 따라 유달리 설치는 동장군 속에서 봄이 어찌 오랴 했는데 때가 되니 봄은 어김없이 꽃등을 타고 찾아온다. 코끝을 스치는 싱그러운 봄바람에 취한 상춘객이 이 황홀한 계절을 놓칠 수 없어 봄마중 가기 바쁘다.

우리나라의 봄은 거제에서 시작된다. 거제에 봄이 와야 우리나라에 봄이 오고, 거제에 꽃이 피어야 우리나라 방방곡곡에 꽃이 핀다. 우리나라 봄의 시발점은 거제다. 대표적인 해상 관광지인 내도와 외도, 지심도에 아름다운 동백꽃이 붉은 입술로 유혹하고, 거제8경 중 하나인 공고지 계단식 밭에는 남도의 꽃 수선화와 설유화가 봄바람에 살랑거리고, 대금산에는 진달래가 예쁜 미소를 짓는다.

거제도의 봄을 피부로 느끼게 하는 게 어찌 화려한 꽃들뿐이겠는가. 꽃도 꽃이거니와 나는 거제 앞바다에서 잡히는 봄 멸치를 또한 거제를

대표하는 봄의 전령사라고 부르고 싶다. 꽃은 눈으로 느낀다면 봄 멸치는 맛으로 느낀다. 아무리 화려한 꽃이 피고 신록이 우거지는 새봄이라도 밥 도둑인 멸치 쌈밥 한 그릇 먹어야 봄은 마침표를 찍는다.

우리나라 멸치 주서식지의 하나로 손꼽히는 거제도는 봄이 되면 다 자란 멸치 떼가 산란을 위해 연안으로 들어와 황금어장을 형성한다. 봄 멸치는 지방질과 타우린이 풍부하고 살이 부드러워 회, 구이, 찌개, 젓갈 등의 그 어떤 형태로든 맛을 즐길 수 있다.

나는 봄 멸치만 보면 돌아가신 어머니가 생각난다. 어머니가 만들어 주신 멸치찌개의 맛은 지금도 잊을 수가 없다.

"멸치는 봄 멸치라야 맛나고 강남 갔던 제비가 돌아오고 보리가 팰 때쯤 알이 배고 기름기가 많아 제맛이 난다."고 하시면서 저자에서 싱싱한 생멸치를 사 와서 멸치찌개를 끓여 맛있는 밥상을 차려주시곤 하

셨다.

군내 나는 묵은김치를 깔고 그 위에 취나물, 합다리, 다래순 같은 산나물로 층을 이룬 위에 손질한 멸치를 얹는다. 멸간장에 고춧가루, 대파, 다진 마늘, 산초 잎을 버무려 만든 양념장을 풀어 넣고 끓이면 그때 풍기는 냄새는 지천을 진동한다. 멸치찌개가 끓는 동안 남새밭에서 한 바구니 상추를 뜯어와 씻어 놓는다. 그 상치에 식은 밥 한 덩이와 멸치찌개를 얹은 상치쌈밥은 이 세상 그 어떤 맛으로도 비교가 되지 않는다.

어디 거제 멸치찌개 뿐이랴 멸치를 가득 실은 통통배가 들어오는 선창에서 아낙들이 싱싱한 멸치를 사서 와 머리와 뼈, 내장을 훑어내고 깨끗이 씻어 입 넓은 대야에 담고 장독에서 퍼 온 고추장과 막걸리 식

초를 넣고 손으로 버무려 만든 생멸치 회는 봄이 아니면 맛볼 수 없는 바로 거제 바다의 맛이다.

고기 중에 멸치는 덩치가 작은 탓에 옛날부터 '멸치도 생선이냐'며 괄시를 받았던 모양이다. 흑산도에서 유배생활을 하다 그곳에서 생을 마친 정약전이 쓴 『자산어보』에도 멸치를 '업신여길 멸(蔑)'자를 써서 '멸어'라고 한 것을 보면 멸치는 생선대접을 받지 못한 고기였던 것 같다. 그러다가 일제 강점기 때 일본사람들이 들어와 본격적으로 멸치를 잡자 그때야 멸치는 귀하신 몸이 되었고, 지금은 '국민생선'으로 대접을 받게 되었다.

우리 속담에 '멸치도 창자가 있다.'는 말이 있고 '멸치 한 마리는 어쭙잖아도 개 버릇이 사납다.'라는 말이 있다. 전자는 작다고 무시하지

말 것을 경고할 때 쓰는 말이며, 후자는 개에게 멸치 한 마리를 주는 것은 아깝지 않지만, 그로 인해 개의 버릇이 나빠질까 걱정이라는 뜻으로 어떤 물건이 아까워서가 아니라 그 버릇을 고쳐주기 위해 하는 짓이라는 말이다.

멸치, 결코 우습게 여기면 안 된다. 작은 고추가 맵듯이 작은 멸치가 민어나 조기, 참돔이나 농어 같은 큰 생선보다 훨씬 뛰어난 영양소를 지니고 있다는 사실을 간과해서는 안 된다. 멸치는 빈혈, 고혈압, 골다공증을 예방해주고 뼈를 튼튼하게 해주어 칼슘의 왕이라 부를 정도로 우리들의 식탁에 없어서는 안 될 약방의 감초와 같은 귀한 존재다.

나는 몇 년 전부터 거제에서 멸치잡이 회사에서 관리책임자로 일하고 있어 멸치와는 떼려야 뗄 수 없는 사이다. 오죽하면 주위 사람들에게 나를 소개할 때 '멸사남', 곧 '멸치와 사랑에 빠진 남자'라고 말하곤 한다.

봄이 되면 나의 하루는 멸치에서 시작하여 멸치로 끝난다. 우리 회사 멸치잡이 어선 선단 5척이 먼동이 틀 무렵 출어 준비를 한다. 일제히 엔진 시동을 걸고 불을 밝힌 다음 어로장의 지휘 하에 희망차게 조업을 나가 해 질 녘까지 거제도 연안에서 은빛 찬란한 멸치를 한 배 가득 잡아와서 어장 막에 풀어 놓는다.

어장막 식구들은 풀어놓은 멸치를 선도 유지를 위해 신속하게 건조장으로 운반하여 온, 냉풍 병합시스템 방식으로 위생적인 건조를 한 다음 선별 포장을 해서 통영, 부산, 서울 등지의 위판장으로 보내 소비자의 식탁으로 공급하게 된다.

삼면이 바다로 이루어진 나라, 그 어디서나 멸치가 생산되지만 그 중에서도 가장 맛있는 멸치가 잡히는 곳이 단연 거제라는 것은 어업에 조금만 관심을 가진 사람이면 다 안다. 거제는 한류와 난류가 합쳐지는 해역으로 멸치의 먹이사슬인 플랑크톤의 질이 우수하고 미국 FDA에서도 인정한 청정한 바다에서 서식하기 때문에 그 맛과 질이 다른 지역에서 잡히는 멸치와는 비교가 되지 않는다.

귀향하기 전 부산에 살 때만 해도 하찮게 여기고 보잘것없는 미물로만 취급했던 멸치가 내 밥줄을 이어주고 내 건강에 보탬이 될 줄이야.

나는 거제 멸치를 사랑한다. 네가 있어 내가 있고, 네가 죽어 내가 사는 '멸사남'의 짝사랑, 멸치야! 고맙다. 오늘도 나는 거제의 봄 바다를 바라보며 멸치, 그 위대함을 그린다.

Story 4

# 거제도 나무

조행성

최현배

조행성

# 소나무와 부부 맺은 옥동 팽나무

## — 둔덕 옥동 팽나무

둔덕면 상둔리 옥동마을은 산방산과 대봉산, 백암산의 경계선 골짜기에 자리해 있다. 세 산의 줄기 사이에 있어 땅이 길고 좁아 다랑이 (계단식) 논밭이 촘촘히 경사면을 채우고 있다. 그나마 평편한 땅은 논밭으로 내어주고 가옥들은 산자락에 옹기종기 모여 있다.

숲과 가까워서 그런지 옥동마을에 들어서면 큰 키를 자랑하는 거목이 여기저기 눈에 띈다. 마을회관 옆 팽나무라든지, 거기서 40여 미터 거리에 있는 누운 팽나무가 특히 그렇다.

이들 나무가 있는 곳에서 북쪽에 있는 산방산을 바라보면 산허리에 정인사 사찰이 있고, 산 아래에는 전원주택 공사들이 한창이다. 마지막 집 지붕 뒤로 잎이 무성한 가지가 살짝 보이는데 이 나무가 거제시 보호수 12-19-6-1-8호(1982. 11. 10. 지정) 팽나무다.

가까이서 마주한 이 나무는 참 잘생겼다. 팽나무 특유의 축 늘어진

살집이 아니라 느티나무처럼 근육질이다. 또 일자로 곧게 자란 몸통에 적당한 높이에서 우람한 가지가 사방으로 매끈하게 뻗었다.

그도 그럴 것이 이 나무는 아직 200살도 되지 않은 청년 나무다. 직접 재어보니 흉고(사람 가슴 높이) 둘레도 3.9m 정도다.

2002년 발행한 둔덕면지에는 125살이라고 기록돼 있다. 성산 이씨 옹이 1850년 당시 고목이 말라 죽자 이곳에 포구나무(팽나무 방언) 한 그루를 심었다고 한다. 또 약 50년 전부터 내려오는 말로 잎이 일제히 피면 대풍(大豊)이고, 단계적으로 피면 흉작을 예고했다고 한다.

마을에선 이 나무가 190살 정도 됐다고 한다. 주민 A씨에 따르면 고 이도주씨의 할아버지의 할아버지가 작대기만 한 포구나무를 심었는데 지금은 이렇게 컸다고 했다. 면지에서 말하는 성산 '이씨'가 고 이도규 씨의 고조할아버지로 짐작된다.

덧붙여 옛날에는 마을의 평안을 비는 당산제와 풍년을 기원하는 용신제를 이 나무에 지내곤 했단다. 용신제는 물을 다루는 신수(神獸)라고 알려진 '용(龍)'에게 농사를 잘 지을 수 있게 물(비)을 잘 내려달라고 비는 제사다.

또 마을 뒤에는 커다란 소나무가 있었는데 이 팽나무와 부부를 맺었다고 한다. 팽나무를 수컷 삼아 할배나무라 불렀고, 소나무를 할매나무라 불렀다.

그러나 소나무는 태풍에 쓰러져 고사(枯死)하고 말았다. 태풍이 '사라(1959년)'인지 '매미(2003년)'인지 확실치 않다고 했다.

이 나무를 찾은 날은 날씨가 흐리고 안개가 짙었다. 산을 덮고 있던 운해(雲海)가 산을 타고 아래로 천천히 흐르고 있었는데 이 나무의 배경으로 그렇게 잘 어울릴 수가 없었다.

사실 이 나무가 있는 곳이 마을과 산을 구분 짓고 있다. 나무를 지나치면 내리막길 끝에 '어온골천'이라는 작은 계곡이 있고, 계곡을 건너면 산이나 절로 올라가는 길이다. 계곡은 산 경계선을 따라 흐르다가 마을로 내려가면서 폭이 넓은 하천으로 발달한다.

계곡과 팽나무 사이에는 밭도 숲도 아니면서 꽤 넓은 비탈진 면이 있는데 들국화로 보이는 하얀 야생화 군락이 이제 막 꽃망울을 터트리고 있다. 이들이 만개할 때쯤 계곡에서 비탈면 위의 팽나무를 올려다보면 꽃구름 위에 나무가 떠 있지 않을까 상상해본다.

아쉬운 것은 다른 보호수와 달리 마을 끝 산자락에 있어서인지 행정으로부터 큰 관심을 받고 있지 못한 것 같다. 보호수 안내판이 세워져 있지만 낡을 대로 낡아 색은 하얗게 바랬고, 도장(塗裝)은 쩍쩍 갈라져

형편없다.

나무 건강도 썩 좋지 않아 보인다. 잘라낸 가지는 벌레가 파먹어 나무 아래에 톱밥이 쌓였다. 신록이 우거진 초여름인데도 잎이 크지 않고 아직 어리고 연하다. 영양분이 충분하지 않은 것으로 짐작된다.

이에 주민 A씨는 "마을에 노인들만 몇 가구 남아 나무를 관리할 능력이 없다"면서 "시에서 영양제를 투약하는 등 관리를 해줬으면 한다"고 말했다. 급한 대로 올해는 영양제 대신 막걸리 5말 정도를 사다가 부어보겠다고 했다.

흔히 의지할 수 있는 튼튼한 사물이나 사람을 '버팀목(木)'이라 한다. 수 세기 동안 거제 각 마을의 버팀목이 돼 온 나무들이 사회가 발달할수록 관심 밖으로 내쳐지고 있다. 지금 이들을 제대로 보살피지 않는 것은 미래세대에게 버팀목 하나를 빼앗는 것과 다름없다.

조행성

# 만첩벚, 늦게 피어 더 예쁘다

— 마전초 겹벚나무

"아직도 벚꽃이 피네요"

마전동 마전초등학교에 뒤늦게 벚꽃이 피었다. 거제의 산천초목은 이제 다들 연녹색 여름옷으로 갈아입고 있는데 말이다.

마전초 벚꽃은 이달 초 연분홍 꽃비를 내렸던 것들과 생김새가 사뭇 다르다. 먼저 분홍색이 그들보다 짙고, 진달래보다는 연하다.

가장 눈에 띄는 것은 꽃의 모양이다. 일반 벚꽃은 5개 꽃잎이 다섯 방향으로 퍼져 핀다. 꽃을 그릴 때 가장 흔하게 표현하는 형태다. 이처럼 2개, 혹은 3개, 5개 꽃잎이 바퀴처럼 둥글게 퍼지는 꽃을 '홑꽃'이라고 한다.

이와 달리 마전초에 핀 벚꽃은 헤아리기 힘들 정도로 많은 꽃잎이 겹겹이 쌓여있다. 이런 꽃을 '겹꽃'이라 부른다. 이는 속씨식물의 꽃에서 수술이나 암술, 꽃받침조각이 꽃잎 모양으로 변한 것인데, 이를 '판

화(辦化)'라고 한다.

　꽃잎이 겹겹이 핀 벚나무, 그래서 '겹벚나무'라고 부른다. 한자로 만첩(萬疊)벚나무라고도 한다.

　기자가 겹벚나무를 처음 접한 것은 지난해 이맘때인 4월 말쯤이다. 하청면 와항에서 실전으로 넘어가는 길이었다. 일자로 쭉 뻗은 내리막 길이 있고, 왼쪽에는 조선 관련 업체가 도로를 따라 금속 패널로 길게 담을 두르고 있었다.

　내리막에서 오르막이 시작되는 곳에 홀로 꽃비를 뿌리는 나무가 있었는데 당시엔 벚나무의 한 종류인지 모르고 '예쁘다'라고만 생각했다. 그 뒤 '섬을 사랑한 나무' 코너를 시작하면서 개화시기를 맞춰 그 나무를 꼭 소개하리라 벼르고 있었다.

　올해도 그 나무는 꽃을 피웠다. 아직 만개하기 전이었지만 꽤 볼만

하다. 실컷 카메라에 담은 뒤 장목, 옥포, 장승포를 돌아 마전동 주민센터에 이르니 맞은편에 겹벚나무가 한 그루 더 눈에 띄었다. 마전초 체육관 뒤편 담장이었는데, 마전초에 도착하고 보니 비단 한 그루가 아니었다.

그중 학교 남쪽 담장에 있는 세 그루가 가장 크고 꽃이 무성하다. 분홍빛 벚꽃이 어찌나 흐드러지게 피었는지 그 그늘조차 붉은 것 같다.

만개한 겹벚나무가 유독 짙어 보이는 까닭은 꽃 자체 빛깔이 일반 벚꽃보다 진할뿐더러 개화와 동시에 꽃 사이로 붉은색의 어린잎이 돋아서다. 잎은 자랄수록 녹색을 띤다. 이 때문에 꽃이 진 뒤 잎이 나는 일반 벚꽃보다 개화시기가 늦다고 알려졌다.

꽃송이는 앞서 말한 대로 꽃잎 여러 장이 겹겹으로 꽉 차있다. 작지만 묵직한 꽃송이가 한 가지에 수백 송이 달려있어 나무 수형(樹形)이 아래로 축축 처지는 모양이다. 그래도 힘 있는 가지들은 하늘로 쭉쭉 뻗어 마전동 하늘을 분홍빛으로 물들인다.

게다가 달걀 모양의 꽃잎은 그 끝이 살짝 갈라져 있어 이 잎들로 장식된 꽃은 마치 레이스(lace) 달린 치마를 두른 듯 더욱 화려함을 더한다. 벚꽃이 봄의 여왕이라면 겹벚나무는 여왕조차 초라하게 만드는 '여신(女神)'이 아닐까.

이 세 겹벚나무는 마전초의 자랑이다. 나아가 거제의 보물이라고 감히 말해본다. 인터넷 자료에 따르면 겹벚나무의 키는 10m 정도이다. 그러나 추위와 병충해에 약하기 때문에 수명도 짧아 거목으로 자라기 어렵다.

그런데도 마전초 겹벚나무는 맨눈으로 짐작했을 때 키가 150~160cm

인 사람의 7배 정도인 거목이다. 옆에 있는 아름드리 느티나무와 어깨를 견준다. 인터넷에 떠도는 수많은 자료 사진을 봐도 이 정도로 크지 않다.

특별한 나무엔 특별한 사연도 있다. 마전초 교사들이 이 나무를 매우 사랑해 학교를 떠난 뒤에도 매년 꽃이 피면 꽃그늘에 모여 추억을 얘기했다고 한다.

수령은 나무 전문가가 아니므로 짐작하기 어렵다. 다만 1회 졸업생에 따르면 1975년 마전초가 개교할 때 학교 공사가 미완성이었고, 학생들과 학부모들이 세숫대야 등을 챙겨와 공사를 마무리 짓다시피 했다. 정원의 나무들도 학생들이 가꿨는데 그 가운데 겹벚나무도 있었을 거로 추측했다.

기자는 지난 17일 마전초를 찾았다. 그 뒤 주말에 비가 내렸다. 이번 주말에야말로 만개한 만첩이 붉은 꽃비를 뿌리는 장관을 볼 수 있을 것 같다.

조행성

# 할배와 할매, 그리고 난쟁이 나무

## — 유계6길 세 나무

하청면 유계6길을 따라가면 서대·서상마을이 나온다. 이 도로 위에 유계리의 자랑인 노거수 세 그루가 있다.

먼저 만나는 나무는 몸통이 절반 이상 떨어져 나가고, 두 줄기만 살아남아 북쪽으로 기운 느티나무다. 거제시 보호수 관리 대장에 따르면 1982년 7월 시(市)나무 12-19-3호에 지정됐다. 나이는 400살이고, 흉고(사람 가슴 높이) 둘레는 6m이다. 직접 재어보니 5.2m였다.

여기서 100m 더 가면 정원에나 어울릴만한 아담한 팽나무(포구나무)가 서 있다. 보호수로는 지정돼 있지 않고, 흉고 둘레는 1.9m, 키는 대략 4m 안팎으로 보인다.

이 나무에서 다시 산 쪽으로 약 700m 떨어진 서상마을 입구에 거대한 느티나무가 한 그루 더 있다. 1982년 11월 10일 면나무 12-19-9-3호에 지정됐고, 나이는 350년, 흉고는 6.5m라고 관리 대장에 기

록돼 있다. 직접 재어보니 흉고는 6.3m였고, 무릎 높이에서 잰 밑동 둘레는 10m 줄자를 가득 채웠다. 어떤 이는 가을에 붉게 단풍이 든 이 나무를 보고 "산 하나가 불타는 것처럼 웅장했다"고 표현했다.

서상 마을회관에서 만난 할머니들 말에 따르면 세 나무 가운데 반쪽 짜리 느티나무가 가장 나이가 많으며 마을에선 '할배나무'라 불린다. 그리고 덩치가 가장 큰 서상마을 입구 느티나무는 사실 막내이며, '할 매나무'라 불린다.

이에 따라 팽나무는 나이가 350에서 400살 사이인 셈이다. 이는 앞 서 취재한 다른 마을의 팽나무들이 200~350살에 흉고 둘레가 4~6m 였던 것과 비교하면 서대마을 팽나무는 나이보다 몸집이 매우 작은 편 이다.

전설에는 한밤중 할배나무에서 하얀 머리에 하얀 도포를 걸친 노인이 땅까지 늘어뜨린 하얀 수염을 쓸어내리는 모습이 목격되곤 했단다. 현대에 와서야 그 허깨비가 희미하게 빛을 내는 특성이 있는 원소(元素) '인(燐)'이었을 것으로 추정하고 있다. 인은 동물 뼈에도 있으므로 옛날엔 주로 무덤에서 발견돼 도깨비불로 오인하기도 했다. 마을에 전기가 들어온 뒤에는 그런 현상이 사라졌다고 한다.

할배나무가 온전했을 때는 지금 할매나무보다 컸으며, 당시 하청면 사무소 앞 느티나무(섬나무 2호)에 맞먹을 정도였다고 한다.

할배나무와 팽나무는 언제, 누가 심었는지 전해지지 않지만, 할매나무는 식수자를 운 좋게 알아낼 수 있었다.

마을 이장을 지냈던 주민 A(73) 씨는 30여 년 전 백부로부터 한 모녀 이야기를 들었다. 백부가 말하기를 1970년경 40대로 보이는 한 모녀가 앵산 산자락에 있는 분묘를 찾아 벌초하더란다. 사연을 물으니 묘의 주인은 '정돌백'이란 사람으로 약 350년(현재 2015년 기준 대략 390년) 전 할매나무를 심었던 장본인이라고 했다.

할매나무 자리는 앵산 산줄기 중 하나의 끝자락으로 예전엔 서당이 있었고 여기서 학문을 닦던 정 씨는 서당 옆에 느티나무를 심었다. 그 뒤 400년 가까운 세월이 흘러 이 나무는 현재 거제에서 손꼽는 거목으로 자랐다.

A씨는 하청면지(2009. 5. 31 발행)를 펴낼 때 그 사실을 꼭 넣어 달라 했지만 끝내 빠지고 말았다고 한다.

또 하나 안타까운 것은 정 씨의 묘가 현재 후손의 발길이 끊어져 잡초가 무성한 채로 방치돼 있다. 정 씨는 딸만 둘을 낳았고 이들 집안에서 대를 이어 정씨의 묘를 관리해왔다. A씨의 백부가 40년 전 만났던 그 모녀도 정 씨 딸의 후손이었다. 외가의 먼 조상의 묘를 수백 년 관리해 온 것도 사실 쉽지 않은 일이었을 것이다.

만약 정 씨의 이야기가 사실로 밝혀진다면 그는 마을에 큰 보물을 남긴 인물로 기록돼야 함은 물론이고, 그의 묘도 후손에게만 책임을 지울 것이 아니라 지역 유산으로의 대우를 받아야 하지 않을까 생각된다.

조행성

# 거제 1호 천연기념물을 기억하라
— 하청면사무소 앞 느티나무

하청면사무소 앞 하청리 666번지에 볼품없는 정자수 두 그루가 있다.

큰 나무는 흉고(胸高, 사람의 가슴높이) 둘레를 줄자로 재어보니 약 510cm에 달해 한때는 찬란한 녹음을 자랑했겠다. 그러나 지금은 줄기와 가지가 대부분 썩어 문드러져 속이 텅 빈 몸통 껍데기만 남았다.

서편 줄기 일부가 살아남아 근근이 서 있는 나무를 커다란 시멘트 지지대 세 주가 지탱하고 있다. 고사(枯死) 직전에 처했음에도 온 힘을 다해 가지와 잎을 뻗치는 생명력이 경이롭다.

옆에 작은 나무는 큰 나무가 죽을 것을 대비해 심은 어린 대체목인데 먼저 목숨이 다했다. 말라붙은 가지가 낙엽 지듯 툭툭 떨어져 바닥이 어지럽다. 한 주민 말로는 3년 전쯤 벼락을 맞은 것이 원인이었단다.

　추측건대 마을 복판에 마땅한 거름 없이 목숨을 부지하던 늙고 어린 두 나무는 서로 영양분을 뺏으려 치열한 사투를 벌였고, 결국 작은 나무가 버티지 못했을 터다.

　큰 나무는 거제도 제1호 천연기념물이었다. 문화재청에 따르면 1966년 8월 25일 '하청의 느티나무'란 이름으로 제181호에 등록됐다가 71년 9월 8일 해제됐다. 표지석이 아직 나무 앞에 세워져 있다.

　2009년 5월 발행한 '하청면지'에는 이 나무에 대해 "지정 당시 수고 15m, 흉고 둘레 9m, 수령 600여 년이었으며, 그때 생존한 느티나무로는 전국 최고령으로 추정됐다"고 나와 있다.

　그러나 지정 이후 나무 속이 불타 껍질만 살았다가 1970년 7월 11~20일 태풍 '루비'가 덮쳐 원형이 크게 망가졌고, 다음 해 잎이 나지 않아 죽었다고 판단해 천연기념물을 해제했다. 73년 한 가지에서 차츰

새잎이 돋아났으나 이미 그 가치를 상실하고 말았다.

더 예전의 기록도 있다. 1983년 2월 25일 거제군이 발행한 '내고장 전통'이란 책은 "천연기념물 등록 후 1959년 추석 '사라호(사라)' 태풍으로 세 가지 중 큰 가지가 부러졌고, 높이 30m의 가지 위가 말라죽기 시작해 보호했으나, 원형 소생이 불가능하다 해 천연기념물 지정을 해제하고 말았다"고 전하고 있다.

시기와 관련해 실제와 안 맞는 부분이 있지만, 나무의 배경에 대해 더 많은 이야기를 담고 있다.

이 책에 따르면 나무뿌리 부분의 둘레가 12m나 돼 거제에서 가장 큰 나무였다. 100m 떨어진 하청초등학교(당시 국민학교)까지 뿌리가 닿았으며, 나무가 있는 신동마을 전체 아래에 뿌리가 있었다는 말도 있다. 또 봄에 나뭇잎이 무성하게 자라면 풍년이고, 별수 없으면 한해(寒害)가 든다고 점치기도 했단다.

특히 나무에 대한 글쓴이의 소회가 눈에 띈다. 그는 "이 역사 깊은 정자나무는 마을 한복판에서 500년을 지냈지만, 사람이 많이 운집해 사는 까닭에 분뇨나 오물 등 염분이 뿌리에 스며들어 쇠퇴하고 있다는 전문가의 진단으로 천연기념물을 해제했다"면서 "들판이나 산록에 있었으면 매연이나 오물의 피해가 없었을 것인데 안타깝게만 여길 뿐이다"라고 글을 남겼다.

나무는 천연기념물 해제 후 사람들 관심 밖으로 내쳐져 오늘날 거제시 관리 노거수에도 이름을 올리지 못했다. 시나 하청면, 어디에서도 영양제를 투여했다는 기본적인 관리조차 흔적을 찾기 힘들었다.

이제 이 나무는 오랜 목생사(木生事)를 곧 마감한다. 하청면은 거제시의 면소재지 종합정비사업으로 주민복지를 위해 올봄 이 나무를 베어내고 그 자리에 다목적회관을 지을 계획이다.

면 관계자는 "마을 수호목이었던 느티나무를 가공해 표지석과 함께 전시함으로써 새로운 생명을 부여할 것"이라고 말했다.

'하청의 느티나무'는 줄기가 꺾이고, 속살이 불타는 시련에도 썩은 몸뚱이에서 새잎을 틔웠다. 삶을 향한 집념과 의지가 오랫동안 마을 사람들에게 힘이 됐을 것이다.

이 볼품없는 나무에서 피어나는 푸른 생명력을 다시 볼 순 없지만, 한때는 거제 1호 천연기념물이었고, 전국 최고령 느티나무였으며, 한 마을을 떠받친 거제 최대 거목(巨木)이었던 역사의 한 페이지를 더 많은 사람이, 더 긴 시간 기억해줬으면 한다.

* 이 느티나무는 2015년 8월 20일 철거됐다.

최현배

# 양화마을의 수호목(守護木) 이야기

## — 느티나무의 추억

　양화마을 느티나무는 '벼선 덧거리'라는 이름으로 400년이 넘는 수령을 자랑한다. 그 아래로 흐르는 큰 개울은 나무가 자라기까지 필요한 영양분과 수분을 제공하면서 드넓은 바다로 향한다. 사시사철 펼쳐진 들녘은 빼어난 풍경을 자랑하는데, 그중에서도 가을에는 황금 들녘과 붉은 단풍이 마음을 빼앗아 탄성을 자아낸다.

　한때 이 느티나무는 양화마을 처녀총각들의 놀이터였다. 마을 주민(이영복)이 기증한 그네를 타기 위해 틈만 나면 모여들었기 때문이다. 그들은 햇살 좋은 날이면 느티나무로 달려가 바람을 타는 즐거움에 빠졌다. 느티나무 뒤에 숨어서 이도령과 춘향이처럼 한결같은 사랑을 노래하기도 했다. 그런 만큼 느티나무는 숫처녀와 숫총각을 하나로 이어주는 데이트 장소로도 유명했다. 이를 눈치챈 갈매기들은 떼 지어와 느티나무 가지에서 "끼룩끼룩" 하고 추임새를 넣으며 한마당 놀이판을

벌이기도 했다.

느티나무 사이로 흐르는 큰 개울과 양옆으로 줄지어진 수양버드나무는 언제 보아도 그림 같은 풍경이다. 산들산들 바람과 함께 춤추며 다가오는 수양버드나무는 오가는 사람들의 눈길을 사로잡았다. 개울을 따라 무리 지어 다니는 천어들도 숨을 죽이면서 살랑살랑 봄바람을 타는 시늉을 했다. 또 느티나무 아래에 놓인 평상에는 수시로 마을회의가 열리곤 했다. 마을을 위한 일이라면 만사를 제쳐놓고 우선적으로 모여든 양화마을 사람들이었다.

그래서인지 양화마을에는 아직 토박이들이 많이 살고 있다. 살기 좋은 마을이라는 소문이 나자 여기저기 타지에서 사람들이 몰려와 고향처럼 살아간다. 이들은 산수 좋고 공기 좋은 이곳을 명소로 여기고 일찌감치 터를 잡은 사람들이 대부분이다.

예로부터 양화마을은 큰 개울 사이로 줄지어진 수양버들나무의 꽃이 아름답다고 하여 버들 '양(楊)', 꽃 화(花) 즉 '양화(楊花)'로 불린다. 믿음의 대상이 딱히 없었던 마을 주민들은 느티나무가 마을을 지켜주는 신령한 나무라고 믿었던 것이다. 해마다 제단을 차려놓고 제를 올리는 것도 느티나무가 수호목이어서였다. 이렇게 되기까지에는 엄청난 수난이 뒤따랐다. 그중에서도 일제강점기에 있었던 이야기는 실화로 전해지면서 양화마을 최고의 자랑거리로 알려진다.

당시엔 일본인들이 우리 민족을 억압하면서 온갖 만행을 저지르던 때였다. 그들은 일상처럼 양화마을 사람들을 못살게 굴었다. 나라의 주인이 뒤바뀌었던 터라 대응할 마땅한 방법도 없었다. 그때 일본 순사들은 칼을 차고 다니면서 일본 천황을 섬기지 않는다고 마구 괴롭혔다. 더구나 그들이 만든 제단에다 절을 하지 않는다는 이유로 양화마을 주민들의 정신마저도 앗아가려고 했다. 그러던 어느 날 고래고래 고함을 지르던 일본 순사들이 찾아와 양화마을의 수호목을 단칼에 베여버리라고 명령했다.

그때 이런 만행을 견디다 못한 마을어른(고 이사현 옹)이 일어나 눈동자를 번쩍이면서 "야 이놈들! 네놈들이 우리가 섬기는 이 느티나무를 벤다면 네놈들은 반드시 천벌을 받을 것이다. 네놈들이 섬기는 천황의 목을 베는 것과 무엇이 다르냐." 하고 크게 호통을 쳤다. 단호한 목소리와 번쩍이는 눈빛에 제압당한 일본 순사들은 그 순간 겁에 질린 얼굴로 "걸음아, 날 살려라." 하고 혼비백산하여 줄행랑을 쳤다. 마을 사람들의 혼을 고스란히 담은 단호한 한마디가 느티나무를 살려낸 것이다. 이로써 느티나무는 수호목으로 단단히 자리 잡으면서 양화마을

의 뿌리 깊은 정신으로 통한다.

그뿐 아니다. 양화마을 뒤로 난 야산을 넘어가면 동부면과 구천동과 평지동이 있다. 이 골짜기 사람들은 낚시하기 위해 고갯길을 넘고 넘어서 종종 양화마을로 내려오곤 했다. 사정도 모르고 무턱대고 낚시를 하러 오다가 낭패를 본 적이 많았다. 그럴 때마다 낚싯대를 접고서 느티나무 아래로 모여든 사람들은 이야기판을 벌였다. 양화마을과 동부면, 구천동, 평지동을 하나로 잇는 중심이었던 것이다.

이제는 모두 추억 속에 남은 이야기가 되고 있다. 그렇지만 내 고향 양화마을 느티나무는 오랜 세월을 거치는 가운데 양화마을의 살아있는 전설로 남아있다. 400여 년간 양화마을을 지켜낸 수호목이니만큼 이로 인한 이야기는 무궁무진하다. 그 역사가 조선왕조 오백 년의 역사에 버금간다는 사실만으로도 거제도의 큰 자랑거리이다.

Story 5

# 거제도 사람

서한숙

이성보

서한숙

# 사람꽃이 피었습니다

## ― 거제도 애광원 김임순 원장

　누구나 할 수 있다. 하지만 그 사랑은 누구나 할 수 있는 것이 아니다. 자신이 가진 것을 다 주어도 감당할 수 없는 일이어서다. 그럼에도 불구하고 6·25전쟁으로 남편을 잃은 한 사람[1]은 하나밖에 없는 자식을 남의 손에 내맡기고 그 사랑을 온몸으로 받아들였다. 운명처럼 만난 7명의 전쟁 영아(嬰兒)들의 어머니로 살아갔다. 그것도 사방에서 파도가 철썩거리는 외딴 섬, 거제도에서의 일이다.

　그녀는 일제강점기 때 2남 5녀 중 넷째 딸로 태어났다. 그때 작은어머니(27살)는 만주에서 남편을 잃은 채 자식도 없이 홀로 살았다. 이를 안타깝게 여긴 아버지가 둘째 아들과 넷째 딸을 각각 작은 집의 양자, 양녀로 보냈다. 양자와는 달리 넷째 딸인 그녀가 양녀가 된 것은 순전

---

1) 김임순(1925~) 사회복지법인 거제도애광원 원장, 국민훈장석류장상(1970), 막사이사이상 (1989), 호암상(1994), 국민훈장모란장상(1997), 유관순상(2007) 수상.

히 당시의 풍습 때문이었다. 어머니가 돌아가시면 딸이 흰 가마(등)를 타고 집으로 들어오면서 "애고지고애고지고" 곡(哭)을 해야 초상집이 쓸쓸하지 않다는 것이었다.

부득불 그녀는 태어난 지 7개월 만에 아버지의 뜻에 따라 남의 자식이 되었다. 자신의 의지와는 상관없이 작은 집으로 떠난 것이다. 이후, 19살 때까지 작은어머니를 '어머니'라 부르며 하나밖에 없는 '딸'이 되었다. 그런 만큼 홀어머니의 사랑을 한몸에 받으며 각별한 보살핌 속에서 자랐다.

그러던 어느 날이었다. 여학교 구술시험 때 선생님이 아버지의 안부를 물어보았다. 아버지가 돌아가셨다고 하자 그는 아차 하는 표정으로 말끝을 흐리면서 다른 말로 얼버무렸다. 이상한 나머지 호적부를 자세히 들여다본 그녀는 깜짝 놀랐다. 아버지 이름자가 들어갈 자리에 아버지가 보이지 않았다. 그 자리엔 뜻밖에도 큰아버지가 아버지로 둔갑한 것이다.

혼돈 속에 빠진 그녀는 어머니에게 호적부를 보여주면서 아버지가 다른 이유를 따져 물었다. 그러자 어머니는 이를 들여다보고서도 한마디도 언급하지 않았다. 이유를 알지 못한 그녀는 사흘간 밥도 먹지 않고 이불을 덮어쓴 채 울기만 했다. 뒤늦게야 이모를 통해 그럴 수밖에 없었던 속사정을 들었다. 그럼으로써 홀로 된 어머니의 아픔을 낱낱이 헤아릴 수 있었다.

이런 이유로 그녀는 어릴 때부터 아버지임에도 '아버지'라 불러 본 적이 없고, 어머니임에도 '어머니'라 불러 본 적이 없다. 일찍이 남편을 잃은 작은어머니가 가슴으로 낳아 길러준 하나밖에 없는 딸이었다.

그녀가 아니면 어머니라고 부를 수 있는 '딸'이 없을뿐더러, 그렇게 제 몸처럼 따뜻하게 품어줄 수 있는 '어머니' 또한 없었던 것이다.

돌이켜보건대 그녀는 자신의 의지와 상관없이 남의 집의 딸이 된 것이다. 그런 만큼 그녀에게 주어진 삶도 보통사람의 그것과는 분명 달랐다. 자신의 의지대로 살아가지 못하고 운명처럼 한 발짝씩 비껴가는 모양새였다. 부부의 연 또한 이와 다르지 않았다. 결혼한 지 두 달 만에 그녀는 남편과 예기치 않은 이별을 맞았다. 아버지의 회갑연에 부부가 나란히 왔다가 입덧이 심한 그녀는 친정에 남고, 남편(영어교사)은 수업 때문에 먼저 서울로 떠난 것이다. 그 길로 6·25전쟁이 터져 갑작스레 남편을 잃은 그녀는 부부의 연(緣)을 더 이상 잇지 못했다. 그 이듬해 상주에서 남편을 빼닮은 딸을 낳았지만 이를 알릴 방법은 없었다.

뒤늦게야 시어머니가 거제도에서 피난생활을 하고 있다는 소식을 전해 들은 그녀는 친정집을 떠났다. 남편의 근황이 궁금했던 터라 갓난아기를 들쳐업고 부랴부랴 부산으로 내달렸다. 거기서 다시 세 시간 가량 배를 타고 바다를 건너고서야 거제도 땅에 닿을 수 있었다. 그때가 1951년 8월 중순, 그러니까 64년 전의 일이다.

당시 거제도는 고현, 수월지구 등 360만 평의 땅을 포로수용소로 제공함에 따라 거의 전 지역이 포로수용소라 해도 과언이 아니었다. 10만 명이 살던 거제도에 포로 17만 3천 명, 피난민 20만 명이 삽시간에 몰려들었으니, 그야말로 아수라장이었다. 이런 난리 통에 만난 시어머니에게 남편의 소식을 물었으나 알지 못했다. 시아버지의 소식조차 끊어진 채 홀로 살고 있었다. 할 수 없이 그녀는 시어머니의 단칸방에서

애광영아원 설립 당시 움막(여기서 탯줄조차 마르지 않은 영아 일곱 명이 미군 모포에 싸여 울고 있었다)

젖먹이 딸과 함께 가까스로 목숨을 부지했다.

그러던 어느 날, 교회에서 예배를 마치고 나오던 중 우연히 대학시절의 한 은사를 만났다. 그는 다짜고짜로 그녀를 붙들면서 어디론가 함께 동행해달라고 부탁했다. 얼떨결에 그녀는 등에 업힌 젖먹이를 시어머니에게 맡긴 채 따라갔다. 그러자 그는 꼬불꼬불 논두렁길을 지나 장승포 산비탈 허름한 움막 앞에서 길을 멈추었다.

움막으로 들어가니, 가마때기에 누운 일곱 명의 갓난아기들이 허기진 채 정신없이 울고 있었다. 머리맡에는 낡은 주전자, 미군 우유깡통, 찌그러진 냄비 하나가 고작이었다. 온기를 찾아볼 수조차 없는 싸늘한 냉방이었다. 더욱이 미군모포에 싸인 갓난아기 세 명은 아직 탯줄도 마르지 않은 상태였다. 그런 비참한 지경에 놓인 전쟁 영아들을 그녀에게 맡아달라는 게 아닌가. 몇 시간만 맡아달라는 것도 아니었다. 이는 전쟁 통에서 살아남은 자가 마땅히 감당해야 할 몫이라는 것이다. 그러면서 난감한 표정으로 고개를 젓는 그녀를 홀로 남겨둔 채 그는 총총걸음으로 멀어져갔다.

부득불 그녀는 냉기로 가득 찬 움막에서 전쟁 영아들을 돌보며 뜬 눈으로 밤을 지새웠다. 움막 속에 버려진 비참한 아기들을 부둥켜안고 울면서 온기를 불어넣은 것이다. 그러면서도 벗어날 수만 있다면 벗어나고 싶다는 기도를 했다. 명문대학[2]을 졸업한 자신이 그런 비참한 아기들을 언제까지나 돌봐줄 수 있는 처지가 아니었다. 한때는 독립운동가가 되고 싶었던 그녀는 해방을 맞이하면서부터 농촌계몽가, 사회운동가가 되고 싶었다. 그런 꿈들이 한낱 망상처럼 스쳐 가는 길고 긴 혼돈 속의 하룻밤이었다.

그렇지만 그녀는 자신에게 안겨진 전쟁 영아들을 내팽개치고 떠날 수는 없었다. 비참하게 버려진 갓난아기들과 평생 같이 살아가기로 다짐한 것이다. 한번 버림을 받은 아기들이 다시 누군가에게 버림을 받아야 할 이유는 딱히 없었다. 누군가가 감당해야 할 일이라면, 그 누군가가 따로 있는 것이 아니라 바로 자신의 몫이라는 생각에서였다.

그래서일까. 새벽종 소리를 타고 꿈결처럼 들려온 하나님의 음성[3]은 그녀에게 인간의 의지를 넘어선 또 다른 의지로서의 삶을 요구했다. 이는 비참한 지경에 놓인 전쟁 영아들을 자신의 수준으로 끌어올려야 한다는 잠언이었다. 그리하여 그녀는 자신의 젖먹이 딸은 시어

---

2) 1949년, 이화여자대학교 가사과(1회) 졸업.
3) "왜 그 아이들 수준으로 떨어지려 하느냐. 그 아이들의 생활을 네 수준으로 끌어올려라!"

신생숙 청년들의 도움으로 첫 해 겨울동안 원사3동을 완성했다. 3-4세 아동이 살던 숙소 하나에 '애광 영아원'(Aikuang Baby's Home)이라는 간판을 내걸었다. 이 원사는 사무실 겸용이었다.

머니에게 내맡기고 남의 아기들을 오롯이 품고 살았다. 제 자식만 자식은 아니었던 셈이다. 전쟁으로 상실된 인간의 존엄성을 되찾기 위한 그녀 자신과의 고독한 전쟁이 시작된 것이다. 불과 27살이었다.

운명이란 피하고 싶다고 해서 피할 수 있는 것이 아니었다. 어머니가 그랬던 것처럼 그녀도 27살 때부터 남의 자식을 제 자식으로 품은 것이다. 그날로부터 전쟁고아들의 어머니가 된 그녀는 아이를 돌보는 일을 천직으로 여기고 살았다. '애광영아원(1952)'이 개원되자 전쟁 중에 버려진 아기들이 순식간에 밀려왔다. 아기 돌보기를 자원하는 어머니들도 여기저기 모여들었으니, 인간생명의 산실이 따로 없었다.

이를 모태로 한 '거제도애광원'은 자연히 전쟁고아들의 집으로 자리 잡았다. 여기서 자란 690여 명의 아이들은 대학교수, 성직자, 교사,

1955년 설날 아침, 직원들과 새옷을 갈아입은 아동들이 모두 나와 새해 기념 사진을 찍었다.

군장교, 회사원 등 각양각색의 직업으로 사회에 진출했다. 이러한 중심에는 사랑으로 한결같이 품어준 '어머니'가 자리하고 있었다. 그녀는 그들의 가치를 최고로 인정한 전쟁고아들의 '대모(大母)'였다.

입양, 진학, 취직을 한 아이들이 떠나자 남은 아이들은 대부분 지적장애아였다. 이를 말해주듯 문 앞에는 자고 나면 버려진 지적장애아들로 골머리를 앓을 정도였다. 그들은 전쟁고아들과는 전혀 다른 상황이었다. 단지 지적장애아라는 이유로 부모에게 버림받은 아이들이었다.

종내 이들을 외면할 수 없었던 그녀는 다시 지적장애아들의 어머니

오늘이 옥수어린이집으로 발전된 '능포어린이집'의 어린이들로 둘러싸이 김임순 원장(1970)

'소소한 행복' 애광원 이경미 교사(사진제공)

로 살아가야 했다. 자신의 의지와는 상관없이 주어진 그 삶을 운명처럼 받아들였다. 정상아들은 다른 사람이 키울 수가 있겠지만, 지적장애아들은 자신이 아니면 키울 수 없다고 판단한 것이다. 그리하여 전쟁고아들의 집, '애광원'을 설립 25년 만에 지적장애아들을 위한 집으로 바꾸었다. 여기에다 '거제애광학교'를 세워 체계적인 교육과정을 통해 그들이 사회에 진출할 수 있는 길도 열어주었다.

그뿐이랴. 중증장애아들의 재활과 치료를 돕기 위해 '민들레집'도 개원했다. 여기서 거주하는 100여 명의 중증장애아들은 인간의 한계에 도전하는 가운데 민들레같이 강한 생명력을 이어간다. 무릇 그들은 스스로 할 수 있는 일이 거의 없다. 누군가의 도움을 받지 않으면 한 숟

'애광원과 바다' Eivind Gabrielson'(2015. 애광원 사진 공모전 대상)

갈도 떠먹을 수가 없다. 뛸 줄도 모르고 표현하지도 못한다. 제 생각대로 제대로 할 수 있는 것이 별로 없다. 누군가 손과 발이 되어 주는 데도 인식조차 못하는 아이들도 있다. 그럼에도 사람의 향기가 남다른 것은 어떤 상황에서도 '할 수 있다'는 희망을 잃지 않고 있어서다.

거기에는 민들레처럼 낮은 사람들이 서로를 의지하며 살아간다. 도전과 도전을 거듭하는 가운데 삶의 가치를 일깨우며 살아간다. 살아 있다는 것만으로도 충분히 아름다운 사람들이다. 그런 민들레 씨앗들이 햇살 아래 누운 채 살랑살랑 바람을 탄다. 파도소리를 벗하며 환하게 웃고 있다. 스스로 낮아지지 않으면 결코 만날 수 없는 사람들이다. 그런데도 그들과 핏줄처럼 함께 나누고 살아가는 그녀는 참으로 행복

한 사람이다. 인간존중의 정신을 온몸으로 실천한 '참사람'이 아닐 수 없다.

무엇을 위해 살 것인가. 사람이, 사람으로서 존중받지 못한다면 살아있는 것이 아닐 것이다. 살아갈수록 '사람'이 보이지 않는 세상이다. 돈도 명예도 다 가진 사람들 속에서도 '사람'을 만나기가 쉽지 않다. 사람을 만나면서도 '사람'이 그리운 것은 사람과 사람 간의 정(情)이 못내 그립기 때문이다.

사람이 그리운가. 그렇다면 장승포 산비탈길로 살짝 돌아서 가자. 거기에는 지적장애아들의 가치를 최고로 인정한 성자(聖者)가 있다. 사람다운 사람이 있다. 평생을 사랑해도, 사랑이 부족할 수밖에 없는 그녀의 해맑은 아이들이 있다.

그녀가 '거제사람'으로 거듭난 지도 어언 64년 세월이다. 91살의 나이가 무색할 정도도 소녀같이 앳된 얼굴이다. 소탈한 목소리와 함께 피어나는 환한 미소가 '사랑과 빛의 동산' 구석구석을 밝히고 있다. 한때는 35도 각도로 경사진 장승포 산비탈길을 하루에도 여러 차례 오르내리며 아이들을 품어주곤 했었다. 아흔이 지난 지금은 무릎의 연골이 닳을 대로 닳아 지팡이에 의존할 수밖에 없다. 지팡이를 짚어도 예전처럼 마음껏 품어줄 수가 없다. 그래서 슬픈 어머니인 것이다.

지적장애아들의 어머니로만 살아가는 그녀는 전쟁고아들을 잊고 살 때가 많다. 그들은 지적장애아가 아니어서 그녀 품을 떠나갈 수 있었다. 그녀가 있는 '애광원'은 더 이상 전쟁고아들의 집은 아닌 것이다. 지적장애아들의 집으로 거듭났기 때문이라면 지나친 역설일까. 이는 낮은 곳에서 살아가는 사람만이 알 수 있는 진실이다. 여기에는 한평생 인간의 존엄성을 일깨우고, 사랑으로 화답하는 사람꽃이 있다. 그 꽃의 향기는 역경을 이겨내고 도전하는 사람만이 맡을 수가 있다. 그래서 오늘도 말갛게 피어나는 꽃이다.

이성보

# 한국난계(韓國蘭界)의 사표(師表)

— 향파 김기용

은곡(隱谷)이라는 깊은 산골에서 잡초와 더불어 피어 있는 한 송이 난을 공자가 발견한 것은 기원전 484년 공자의 나이 69세 무렵이다. 당시 공자는 위(衛)나라를 떠나 고국인 노(魯)나라로 가는 길이었다. 공자의 심신은 말할 수 없이 지쳐 있었고 입은 옷은 남루하기 비길 데 없었을 것이다. 왜냐하면 철저하게 패배당한 주유천하의 막을 내리는 시기이기 때문이다.

공자는 뭇 제자들을 거느리고 자신의 깊은 학문과 지고한 경륜을 실천하기 위하여 각국의 권력자들에게 비굴할 만치 접근하였지만 그 누구도 공자를 중용하지는 않았다. 참고 견디다 못한 공자는 최초로 입국한 나라인 위나라로 다시 갔으나 냉대를 당한 후 어쩔 수 없어 고국인 노나라로 돌아가는 길이었다.

인적이 끊어진 산골 은곡에 들었을 때다. 향기를 발하며 잡초 속에 의연히 피어있는 난을 보는 순간 자신의 처지가 너무도 부끄러웠다. 공자는 그 자리에서 의란(猗蘭)이란 시를 쓰고 난을 왕자향이라 하였으며, 그 시에다 곡(曲)

을 붙여 거문고로 연주하였다고 전한다. 그리고 그것을 후세 사람들이 의란조(猗蘭操)라고 부르게 되었다.

그 후 노나라로 돌아온 공자의 삶은 이제껏 살아온 방향과는 전혀 다른 새로운 삶을 시작하였다. 오직 제자들과 더불어 학문에만 몰두하면서 불후의 저작이라고 하는 『춘추(春秋)』며 『시경(詩經)』이며 『서경(書經)』이라고 부르는 상서(尚書) 등은 모두가 그 무렵 공자의 편저이거나 저술이다. 만약에 공자가 그때 은곡의 깨달음이 없었다면 위대한 성인으로서의 탄생은 불가능하였을 것이었다.

공자의 진정한 사상은 『논어』에 있는 것이 아니다. 은곡의 깨달음 이후의 저술인 『춘추』에서 찾아야 할 것이다. 그 때문에 난을 동양정신사의 진수라고 말하며 동양의 선비들이 즐겨 치고 그러면서 난 가꾸기에 심취하는 것은 그 때문이다.

난이 있었기에 고향을 지킬 수 있었다는 난인(蘭人)이 있었다. 그는 의란조에 얽힌 사연을 마음속 깊이 간직하고 반세기가 넘도록 거제도에 묻혀 애란은 애국이란 신념으로 한국 난계에 커다란 족적을 남겨 애란인들로부터 사표로 추앙받고 있는 향파(香坡) 김기용(金琪容) 선생이다.

서두에 공자의 의란조를 언급한 것은 향파 선생하면 의란조가 떠오르기 때문이다.

### 난도(蘭道), 그 56년의 세월

향파 선생은 1915년 4월 2일 경남 거제시 하청면 실전리 사환 마을에서 태어나셨다. 성품이 곧고 자애로운 선비였던 부친의 권유로 김해농업학교에 진학했다. 2학년이 되던 1932년 당시 17세의 나이로 한글잡지 『학생과 개벽』을 읽고 대원군과 추사 선생과의 난에 관한 기사에 크게 매료되어 하숙비를 쪼개어 일본 고오베(神戶)에 있는 야마또식물원에서 우편으로 동양란인 금등변을 구입한 것이 난과의 첫 인연이었다.

광복 전에는 면사무소나 농회, 금융조합 등에서 근무하며 난을 길렀고, 광복 후에는 동양란 재배 육성 및 신품종 개발에 전념하셨으며, 1968년도엔 경상남도 화훼부문 특별위원으로 위촉되는 등 농촌진흥운동에 진력하셨다.

1978년 10월 25일부터 7일간 마산 가야백화점에서 김종규 애란인과 함께 동양란전시회를 개최하였다. 지금은 경향 각지에서 연간 수백 차례의 난전시회가 열리고 있지만, 이 전시회는 우리나라 난전시회의 효시로서 한국 난계는 큰 전기를 맞게 되었다.

1981년 5월 거제아란회(巨濟我蘭會)를 창립하여 초대회장에 선임되었고, 그해 10월에 『동양란 재배와 감상』을 간행하였다.

1982년에는 광주애란회와 한국자생란보존회의 고문으로 위촉되는 등 보다 폭넓은 활동을 보였으며, 전국 각지의 난회에 초빙되어 재배지도 및 순회활동을 가졌다.

1982년 12월 21일엔 경상남도 문화상(사회부문)을 수상했는가 하면, 1983년엔 거제서예학원을 설립하여 서예문화의 저변확대에 이바지하셨다. 그리고 1988년 11월 16일 74세를 일기로 향리에서 영면하셨다.

헤아려보니 선생의 애란 생활은 햇수로 56년이다. 작고하신 지 3년 뒤인 1991년엔 난과 생활사에서 제정한 우리나라 최고의 권위를 자랑하는 '한국난문화대상'이 추서되었고, 1988년 3월 29일에는 거제시 신현읍 고현리 매립지 녹지공간에 선생을 추모하는 애란인 271명과 32개 난 단체가 참여하여 우리 땅에 최초로 애란비가 건립되었다.

평생 고향을 지키면서 난과 더불어 사셨던 향파 선생은 "애란은 애국에 통한다." 하시면서 동양란이 동양인의 정신적인 지도이념까지로 승화되었음을 일깨워 주셨다.

"아름다움을 느끼는 사람이라면 난(蘭)의 재배와 감상은 그로 하여금 자연과 인간관계를 한데 뭉쳐서 부지불식간(不知不識間)에 고매한 인격을 도야(陶冶)케 하는 것이라 할 것이다."라고 저서 『동양란 재배와 감상』 서문에 밝히셨다.

우리나라에는 약 500년 전 강희안(姜希顔)이 양화소록(養花小錄)을 남겼을 뿐 난에 관한 이렇다 할 재배이론이 없음을 안타깝게 여기어 『동양란 재배와 감상』을 저술하셨다. 중판에 중판을 거듭한 이 책이 당시 재배이론 서적의 불모지였던 우리나라 난계에 어떤 영향을 미쳤는

지는 설명이 필요치 않을 것이다.

　제주한란에 대하여 독보적이셨던 향파 선생은 이에 대한 집념 또한 대단하셨다. 제주한란이 천연기념물로 지정되기 전부터 이에 매료되어 교통이 불편했던 당시에 70여 차례나 한라산에 올랐다는 향파 선생은 1952년 17번째 백록담 기슭을 오르던 어느 날 오후, 수십만 그루의 난 군락 속에 노을빛을 받으며 찬연히 서 있는 세 촉의 한란을 발견하고는 너무나 기쁜 나머지 달려가 입 맞추고 큰절을 올렸다는 백록모영(白鹿暮映)을 비롯해, 천의(天衣), 성산관(城山冠), 녹영홍(錄映紅), 청류(淸流), 청라(靑羅), 영홍(影紅)을 명명하셨고, 우리 춘란 복륜인 앵의(鶯衣)를 비롯하여 도림란(道林蘭), 해금소(海金素) 등을 명명하셨다.

　향파 선생께서는 제주한란이 천연기념물로 지정되도록 결정적 역할을 하셨는바 이는 난계에 널리 알려진 일이다.

교통이 편리해진 지금도 거제에서 제주 한라산까지의 왕래가 힘들 진데 60여 년 전이라면 말해서 무엇하겠는가. 그 비용 또한 어떠하였 는지, 대단한 집념이 아니고는 생각도 못 할 일이다.

애란인은 누구나 제대로 된 난실을 갖고자 한다. 특히 난실을 갖고 싶어 하셨던 향파 선생은 50세가 되던 때부터는 매년 정초에 설계도를 그렸고 회갑을 맞은 1975년에야 뜻을 이루어 30평의 반자동 난실을 마련했다. 이 난실은 천장을 반자동으로 개폐할 수 있게 하는 등 채광 과 환기, 통풍에 지장이 없도록 설계, 시공되었으니 선생의 기쁨이 어 떠했는지 짐작이 가고 남는다.

난 배양에서는 학술적, 과학적 재배법을 시도하여 난의 생태와 특성 을 일일이 기록 보존하였는가 하면, 이를 외국의 선진기법과 조화시켜 품종별 성장사례에 활용하셨다. 그러다 의문이 생기면 외국에까지 문 의서를 보내어 해답을 찾았고, 그 해박한 지식은 『동양란 재배와 감상』 을 저술하게 된 토대가 되었다.

난 사랑을 혼자만의 사랑으로 간직하지 않고 많은 사람들과 향유하 고자 난 인구의 저변확대에 심혈을 기울였다. 난 단체를 조직하였고, 경향 각지의 난 단체나 행사에 고문직을 맡으셨고, 순회강연도 마다치 않으셨다.

난을 위해 태어난 사람이라 일컬어지던 향파 선생은 진솔한 인간미 를 몸소 보여 주셨다. 선생의 옷차림은 검소하기보다 누가 봐도 영락 없는 촌부였을 정도로 수수했다. 그런 차림으로 귀한 난이 있다면 어 디든지 달려가 가사형편을 아랑곳하지 않았고, 난이 구해지면 마치 어 린아이처럼 기뻐하셨다. 사람을 대함에 있어 차별을 두지 않았고, 베

풀기를 좋아하여 방문객이 끊이지 않던 당시, 찾아오는 사람마다 난 한 분이라도 정성껏 싸서 선물하는 등 친절과 배려가 몸에 배어 있었다.

향파 선생께선 그렇게 사셨다. 그러기에 우리 한국 난계는 향파 선생을 두고 사표(師表)라 칭하는데 주저하지 않았다.

오늘날 우리나라 난계는 애란 인구가 백만 명을 상회한 지가 오래되었고, 난 단체 또한 수백 개에 이르고, 사계절을 아울러 수백 회의 난 전시회가 개최되고 있다. 수양산 그늘이 강동 80리 간다고 하던가. 한국 난계의 발전에는 향파 선생의 애란정신이 밑거름이 되었음을 아무도 부정하지 못한다고 감히 말씀드리고 싶다.

선생의 애란정신을 기리고 이룩하신 업적을 고양하기 위하여 발족

한 향파기념회는 거제난연합회가 주축이 되어 〈향파난문화상〉 제정과 절판된 『동양란 재배와 감상』 복간, 〈향파난실〉 복원과 〈애란공원〉 조성과 〈난문화관련사업〉 시행 등을 목적으로 2009년 2월 21일 창립되었다.

그 첫 번째 사업으로 선생의 역저 『동양란 재배와 감상』을 복간하였고 전국의 난 전시회에 〈향파상〉을 시상하고 있다.

자녀교육의 불멸의 고전이라 알려진 중국 북제 때의 안지추(顔之推)가 지은 안씨가훈(顔氏家訓)에 "세상 사람의 흔한 병폐는 귀로 들은 것은 귀히 여기고 눈으로 직접 본 것은 천히 여기며, 멀리 있는 것을 중히 여기고 가까이 있는 것을 가벼이 여긴다는 점이다."라고 하면서 "공자(孔子)를 동쪽 이웃집의 그저 중니(仲尼)라는 사람으로 여긴다(孔子爲東家丘)."고 했다.

　행여 거제사람들이 향파 선생을 두고도 그러하지 않는지 염려스럽다.

　"동양란(東洋蘭)을 가꾸고자 하는 분들에게"라는 선생의 글 중에서 일부를 소개하면서 끝을 맺는다.

　　"난(蘭)의 재배는 다른 화초의 재배에서 보는 것과는 달리 청초·유현(幽玄)한 그 자태와 은은한 향기로 인하여 다른 화초처럼 코를 찌른다거나 사람의 눈을 매혹시키는 즉흥적인 향락성은 없지만, 정중동(靜中動)으로 어딘지 모르게 가슴에 조용히 파문을 일으키는 듯 다가와서는 한 번 사람의 마음을 잡기만 하면 놓아주지 않는 매력을 지녔다고 할 수 있다."

# 거제스토리텔링작가협회 작가 약력

**고혜량** 거제시 둔덕면 출생. 창신대학 문예창작과 졸업.『문학청춘』수필등단. 거제문화원 · 동랑청마기념사업회 이사. 거제문인협회 · 수필문학회회원. 고성문화원부설 디카시연구소 운영위원

**곽상철** 경남 거제 출생.『문장21』수필, 시 신인상 수상. 제6회 고운최치원문학상. 새글터, 거제문협, 한국문협회원. 현재 중학교 교장. 시집『느티나무 그늘에서』『부지깽이』『버팀목』

**김계수** 경남 산청 출생. 서울디지털대학교 문예창작과 졸업. 거제신문 컬럼위원. 거제외식업중앙회 사무국장.『한국산문』수필부문 신인상. 월간『모던포엠』시부문 신인상

**김복희** 거제시 둔덕면 출생. 창신대 문예창작과 졸업. 계간『시세계』신인상. 거제문인협회 회원, 거제시의원, 한국문인협회회원, 거제스토리텔링협회 고문

**김영미** 거제시 일운면 출생. 경성대학교 영어영문학과 졸업. 2010년『수필과비평』등단. 동랑청마기념사업회 이사. 경남문인협회, 거제문인협회 회원, 거제시청 근무. 공저『길, 거제도로 가다』『섬길따라 피어난 이야기꽃』

**김용호** 거제시 일운면 출생. 경상대학교 대학원 졸업. 거제문협, 물목문학, 거제수필 회원. 거제국화연구회 부회장. 계룡초등학교 총동창회 회장. 저서『풀어보고 엮어보는 거제 방언 사투리』시집『갯민숭달팽이』

**김의부** 거제 장평 출생. 거제문화원 향토사연구소 소장. 거제스토리텔링작가협회 고문. 경남팔각상(1994), 대산농촌문화상(1995), 거제문화상(2004), 대한민국 문화원상 수상(2014) 외 다수. 저서『유자재배』외 30여 권

**김임순** 포항 영일 출생. 창신대 문창과, 방송통신대학교 국어국문학과 졸업. 중앙대 예술대학원 문예창작학과 전문가과정 수료(소설전공). 거제신문 현상공모 수필, 『수필과 비평』 수필, 월간 『문학공간』 소설 등단. 한국 생활문학 작품상. 경남문학 신춘문예 소설 당선. 방송대 문학상 소설(가작). 마터나 문학상, 한국문인협회, 경남문인협회 회원, 수필과비평 작가회의 회원. 수필집 『흔적』 『당신이 작가라고?』(공저). 거제스토리텔링작가협회 고문

**김정순** 2002년 『한국수필』 등단. 창신대 문예창작과 졸업. 공저 『선으로 그린 시간』 『길, 거제도로 가다』 『섬길 따라 피어난 이야기꽃』 외 다수. 한국문인협회 회원. 한국수필가협회 회원. 경남문인협회 회원. 거제문인협회 이사. 동랑 · 청마기념사업회 이사

**김정희** 거제시문예재단 경영지원부장. 거제문협 감사. 청마기념사업회 부회장. 새거제신문 시론위원. 한국문협. 경남문협. 경남여류문학회 회원

**김종원** 거제문인협회 회원. 2006년 『창조문학』 등단. 시집 『연』 『지심도 동백꽃』

**김현길** 1956년 거제시 둔덕면 출생. 창신대 문창과 졸업. 2005년 『시사문단』 시 등단. 2013년 『수필시대』 수필 등단. 2015년 『현대시조』 시조 등단. 한국문인협회 회원. 거제문인협 이사. 거제수필 회원. 거제시문학 회장. 동랑, 청마기념사업회 부회장. 시집 『홍포예찬』 『두고온 정원』

**김희태** 경남 거제시 출생. 진주교대. 경상대학교대학원 졸업. 거제교육청장학사. 계룡초등학교장. 황조근정훈장수훈. 2009년 『시사문단』 수필 등단. 거제수필문학회장. 거제문인협회이사

**문득련** 경남 사천 출생. 경상대학교 교육대학원 졸업. 2011년 『모던포엠』 등단. 한국문인협회회원. 중등국어교사. 거제문인협회 사무차장. 거제시문학회 회원

**박영선** 2013년 부산대학교 국어국문학과 박사수료(현대문학 전공). 2001년 오월문학상 소설 「샘을 찾아서」. 2003년 제1회 CJ문학상 소설 「우리의 정다운 감나무」. 2012년 『문장21』 등단

**박영순** 경북 상주 출생. 부산교육대학교 대학원 상담교육학과 졸업. 『현대시조』 등단. 경남 교원예능 연구대회 2007년, 2010년, 2011년(시조 부문)수상. 한국문인 협회 회원. 동랑 · 청마기념사업회 회원. 거제문인협회 회원. 현재 초등학교 교사

**서한숙** 부산대학교 국문학과 박사과정 수료. 합포의 얼 전국백일장 입상(1991), 『한국수필』(2002) 신인상. 거제예총공로상(2008), 한국문인협회 공로상(2013). 동국문학인회, 물목문학회 회원, 동랑청마기념사업회, 경남문인협회 이사, 한국 문협 해양문학연구위원, 새거제신문 컬럼위원. 계간 『문장21』 편집위원, 거제스 토리텔링협회 회장, 거제문인협회 부회장. 수필집 『사람꽃이 피었습니다』 공저 『길, 거제도로 가다』 외 다수

**윤일광** 거제시 하청면 출신. 『교육자료』(1981) 동시, 『아동문학평론』(1983) 동시, 『시조문학』(1984) 시조, 『월간문학』(1985) 희곡으로 등단. 동아대학교 국문학과 박사과정 수료. 거제교육청 장학사, 수월초등학교장 역임. 동백문학상, 방통문학 상, 대한민국문학상, 효당문학상, 경남아동문학상, 한국동시문학상, 한국신문협 회 올해의 기자상(칼럼), 고운 최치원문학상 대상. 저서 『꽃신』 『구름 속에 비치는 하늘』 『윤일광의 달』 『세상은 어떤 모양이고』 『나무들의 하느님』 『나는 행복한 똥 말입니다』 외 다수. 현재 거제문화예술창작촌 촌장, 거제신문 논설주간('윤일광 의 원고지로 보는 세상' 집필), 『월간문학』 부산 · 경남동인회 회장, 경남아동문학 회 부회장, 문학전문 계간지 『문장21』 편집고문, 거제스토리텔링작가협회 고문

**이덕자** 사등면 가조도 출생. 시인. 한국방송통신대학교 청소년교육학과 졸업. 계간 『문장21』 신인상. 거제시문학회 회원, 거제문인협회 회원

**이성보** 거제시 능포 출신. 동아대 정외과, 숭실대학교 대학원 중소기업정책학과 행정학과 졸업. 효당문학상(1996), 거제예술상(2003), 현대시조문학상(2005), 경남예술인상(26회) 수상. 수필집 『난, 그 기다림의 미학』, 시조집 『바람 한자락 꺾어들고』 외 다수. 거제문인협회 고문, 향파기념사업회 이사장. 계간 『현대시조』 발행인. 거제자연예술랜드 대표. 거제스토리텔링작가협회 고문

**정순애** 거제시 출생. 거제신문 창간 1주년 문예작품 공모 신인상 입상(1990). 개천예술제 신인상 입상(제48회). 『수필과 비평』으로 등단(1999년). 한국문인협회 회원, 경남문인협회 회원, 거제문인협회 회원

**정현복** 거제면 서정리 출생. 거제문예교실 수료. 『문장21』 등단. 부산시경 강력수사대 근무. 거제수필문학회 회원, 거제문인협회 회원. 현재 세길수산 전무

**조행성** 하청면 출생. 부산 경성대 신문방송학과 졸업. 새거제신문 기자

**최대윤** 1980년 둔덕면 출생. 시인. 경남대 국어국문학과 졸업. 새거제신문 기자. 거제스토리텔링작가협회 사무국장

**최현배** 거제시 양화 출생. 『문학세계』 계간 『시세계』 등단. 시집 『미조라 가는 길』 『모합』 『마도로스153』 세계시낭송협회, 한국문인협회 회원. 거제문인협회 이사, 현대시문학동인회 부회장.

**현판**(45cm×120cm)
서각 · 옥성종(서각예술가)
서체 · 허인수(서예가)

**옥성종** 대한민국 서각대전 입선, 대한민국 서예대전 입선, 대한민국 서법예술대전 특선, 대한민국 서화교육협회 추천작가, 경상남도 서예대전 특선, 죽지서각연구실 대표, 둔덕중학교 총동창회장, 장춘향 중국요리전문점 대표

**허인수** 대한민국서예예술대전 초대작가, 대한민국미술대전 초대작가, 경남미술대전 초대작가, 거제서예학회 대표